空とぶ猫

北村太郎

港の人

装画・挿画　著者

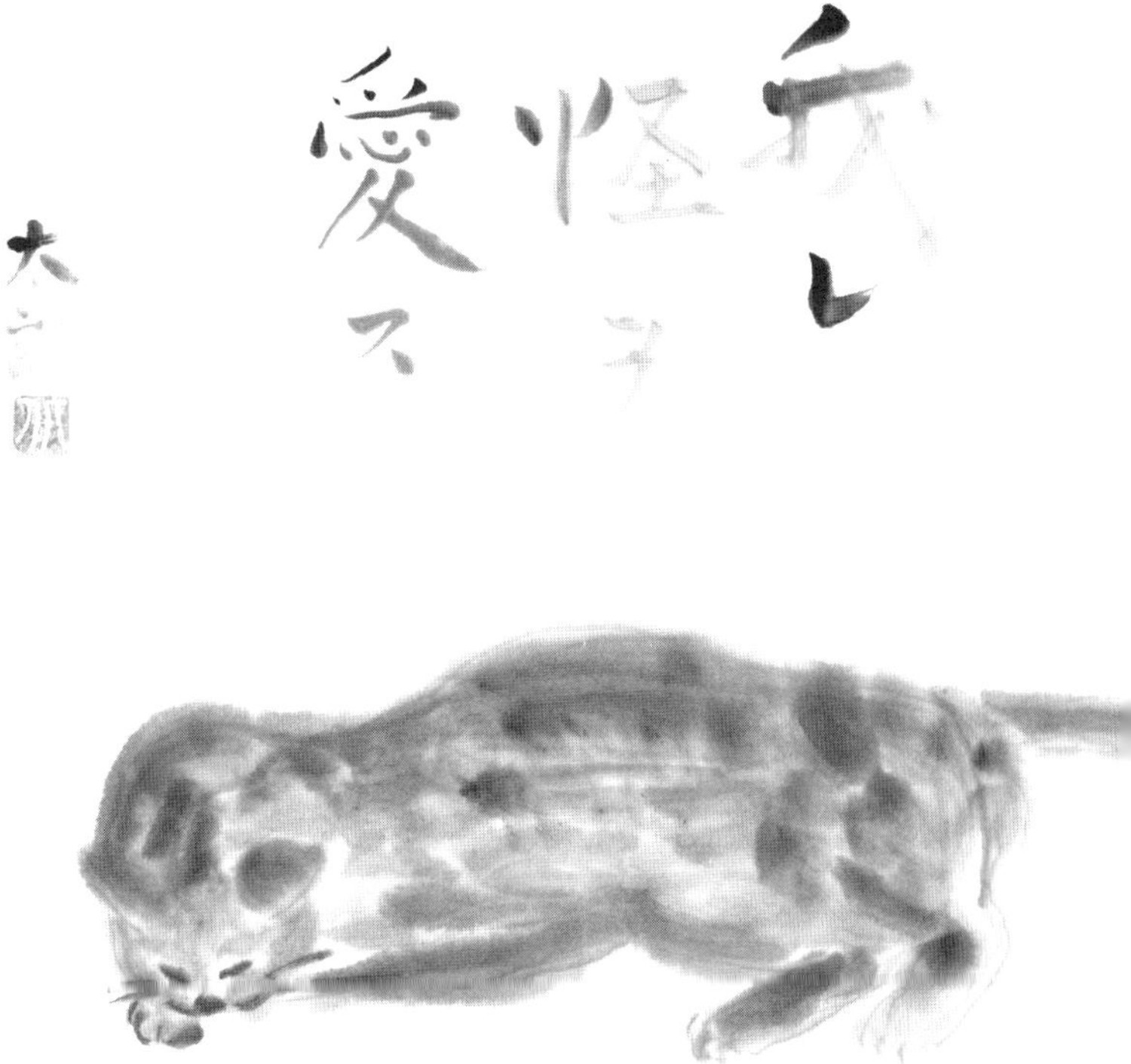

目次

北村太郎（1922-1992）

空とぶ猫

猫なるもの

うちにくる猫は、めすで、すわっているときは
ぼんやり下を向いて、いかにも
暗い顔をしていることが多い　そこで名前を
ニヒル、とつけた
ニヒルや、ニヒルちゃん
と呼ぶと、つまらなそうに、こっちを見る

すわっているときは、ほんとうに
溜め息でもつきそうで、でも、化粧を
始めるとなると、（ヒトのおんなのように）すごい

首の下から足の先まで、せっせと舐めまくる
だから、のらの割りには、きれいで
全体が白地で、頭から背中にかけて

青墨いろの柄が走っている、からだは、いつも
光っている　しかしながら
素性は、のらだから、あんまり
こちらのいうことを、きかない　そっと
抱き上げて、(ヒトのおんなにするように)
もっと念入りに、かわいがろうとしても

身をくねらせて、腕から跳ねるように逃げて
あっという間に、そとへ行ってしまう　こちらは
いちおう、ミルクやキャットフードを、やってるのに
この情け知らずめ、と舌打ちをし

無臭の毛の、やわらかい感触を、なつかしんでいるしかない
そのうちに、また

ニヒルめ、閉めたガラス戸の
むこうの縁側に来ていて、ひたすら
うつむいている　猫は化けるというが
そもそも、猫なる存在そのものが
ばけもの、ではないのか、（ヒトのおんながそうであるように）
そして、いつも九つの人生（?）を、夢みているのでは

猫たち

ベッドの掛けぶとんの裾のほうで
オス猫が二匹、じゃれあっていて
ぼくは枕から少し首をもたげ
それを見物している　にやにやしながら
(もうじき本気でけんかするぞ)

ついさっきまで、白地に茶の、この二匹
いかにも愛情ぶかげに
ときにはしつっこいほど丁寧に
お互いを舐めあっていた　しっぽ、おなか

耳の中までも

それが、じゃれあいから咬みっこへ
だんだん険悪な雲行き　ほら
二匹とも、耳をうしろへ平らに伏せたぞ
呼吸も荒くなって、一匹が
もう一匹の胴に飛びかかった

上になり下になり、のどに食いついたり
うしろ足で蹴りっこしたり
狭いベッドのはしっこで、大さわぎ
それでも、ぼくはほくそえんでる
（もうじき二匹は仲よくなるのさ）

まもなく二匹は、ごろんと横になり

お互いに相手の顔に手をのせて
気持ちよさそうに眠り始める　つまり
けんかはスポーツなのさ、寝る前の――
愛しあい、じゃれあい、けんかしあって

いつも猫たち、本気なのがいいね
ぼくはランプを消して、目をつむる
二匹の猫が、足もとにずっしり重い
なんだか寒くなりそうだから、夜なかには
きっと、ふとんの中へもぐりこんでくるぞ

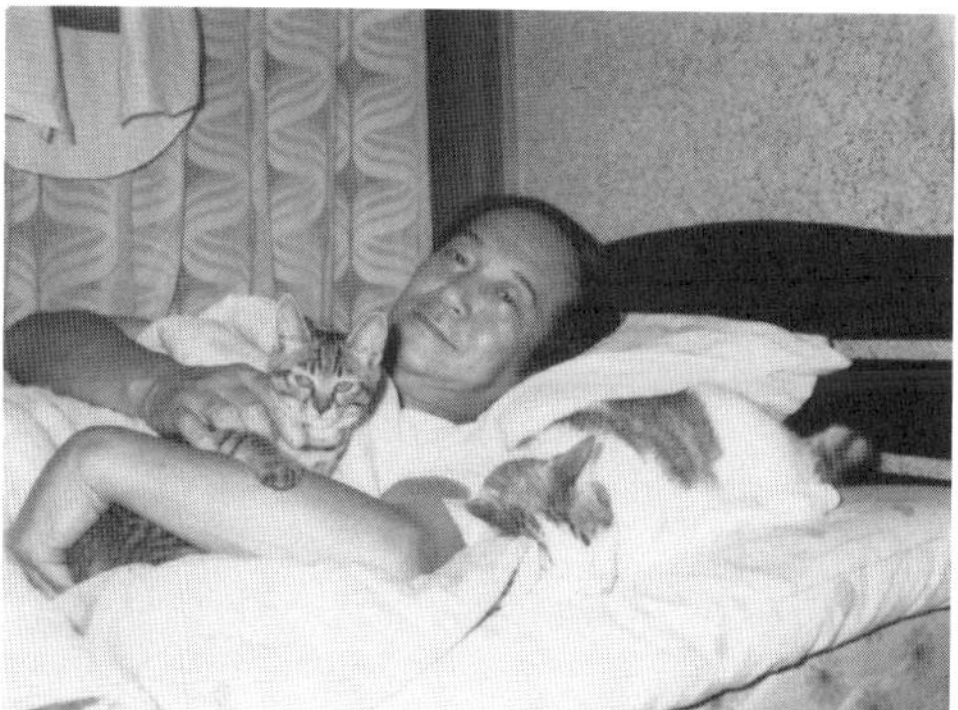

猫について

いま、わたくしの家は二匹の猫を飼っている。そのほかに準飼猫が一匹いる。二匹のうちの一匹は、昨年の春、近所の菓子屋からもらった三毛のめす、もう一匹は高校三年の娘が、この春、学校に迷いこんできた子猫を家に連れてきて飼ってしまった白黒のおすである。前者は「チャーコ」あるいは「チャコ」と呼ばれ、後者は「クロ」あるいは「クーチャン」と呼ばれる。

準飼猫は、六キロほども重さのある大赤とらで、日に三度ぐらい訪問してきて食物をねだるので、それを与えているうちに、ずうずうしく家の中に上がりこむようになってしまったが、夜は表へ追い出すことにしている。名前はレッディ、つまり、reddie で、「赤毛ちゃん」というわけだ。

もう四十年まえ、浅草に住んでいたとき、父が猫を飼っていた。家は飲食店だったので鼠がはびこっては困るので、飼ったのではないかと思う。それよりなお数年前、世田谷に住んでいたときは、「シロ」という雑種の犬を飼っていた。わたくしが小学校へ入る前から、その犬はいて、三年生になったころ、死んでしまった。父や兄弟と、近くの原っぱへ死骸を持っていって、シャベルで大きな穴を掘り、「シロ」を埋めた。そのころの世田谷・弦巻は畑と原っぱが広びろと展開していて、冬の晴れた日には必ず富士山が見えた。初夏には麦が限りなく穂並みをそろえ、盛夏、とうもろこしがわたくしたち子どもの背より遥かに高く育って、その植物の壁のあいだを、わたくしたちは「シロ」を追って駆け回った。肥料溜めのくさみとおおばこを噛んだすっぱい匂いが幼年のわたくしのパルファンの思い出だが、それに、犬の汗くさいにおいも混じっていたと思う。

犬も猫も好きであるが、いまは犬は飼わない。十八年ばかり前、川崎・新丸子に住んでいたとき、兄の家から「コマ」という名の中型の柴犬のめすをもらって一年近く飼ったことがある。その前に「ミル」という白の地に黒とうす茶のまじった子猫をもらって飼っていたので、犬猫同居となったが、仲が悪いので閉口した。毎日、散歩に連れ出すときのほかは、犬は鎖につないでおかなければならない。いっぽう、「ミル」のほうは放し飼いである。子猫のくせに、つながれた犬の目の前の鎖の伸びきったあたりの近まのぎりぎりのところを、これ見よがしに悠々と歩いてゆく意地わるさを持っていた。「コマ」は猛然と立ってほえつく。鎖ががちゃつく。「ミル」はあくまでも平然と足を運ぶ。この子猫は、新丸子から川崎・下平間のアパートへ引越す前日、忽然と姿を消した。猫は家につく――というのは本当らしい。「コマ」は、わたくしがタクシーに乗せて、渋谷の動物愛護協会へ連れていった。協会の係員に鎖を渡すと、すぐにたくさんの犬が入っている檻に移された。「コマ」はうつむいて、わたくしの方を横目で見た。その怨めしそうな目付きが、しばらくわたくしを悩ませた。実にいやな別れかたであった。「コマ」は、よほど猫ぎらいの犬と見えて、夏のころの夜、わたくしが鎖を握って妻といっしょに新丸子の町を散歩していた折り、中型の猫のすがたが、ふと暗やみに動いたかと思った瞬間、そいつに飛びかかった。わたくしは多分ゆかたを着ていて、裾がもつれたような気がして、あわてて鎖を引いたが間にあわなかった。「コマ」は猫の頸に、かみついて放さなかった。あわてたわたくしは、急いで妻に「コマ」の上顎と下顎を開かせた。猫は地面に落ちて動かなかった。わたくしは鎖を妻に預けて猫を抱き上げた。もちろん、まだ温かい。目をつむって、ぐったりしている。柔らかい毛並みの腹に耳をあてたが、鼓動は聞こえない。「おい、こら」と揺さぶってもだめであった。ふしぎなことに嚙まれた頸のあたりに、一滴も血は出ていない。しかし即死である。おそらく頸の骨を嚙みくだかれたか、それともショック死かであろう。わたくしたちは、その死骸の処置に困った。わたくしの家は借家であったし、他人の庭に埋めるわけにもいかなかった。いろいろ考えたあげく、近くの交番へ持ってゆくことにした。当直の巡査は若い人だった。「あのう、この猫、むこうの道ばたで死んでたんですが……」といったら、「そうですか、お引取りしましょう」と答えた。うちの犬が嚙み殺したのですが、とほんとうのことをいわなかった、つまり嘘をついたことが、わたくしの良心にとがめた。どんな小さなことでも、嘘をつくというのはまことにいやな感じをあとに遺す。わたくしは幼いときから何度か嘘をついたが、そんなに数は多くないにしても、それらの嘘をついた場面は残らず憶えている。すぐ目のまえの己れの肉体に刻まれた醜い傷のように、それらは目に見えて残る。……この「犬の猫殺し」は一九五五年（昭和三十年）の夏のことで、わたくしは三十二歳、早川書房のミステリ・ブックのボワロー＆ナルスジャック著『悪魔のような女たち』を翻訳し終って数カ月たったころであった。この翻訳は買取りで、貧乏なわたくしは屈辱的にたたかれた。

下平間のアパートには二年いたが、動物を飼うことは禁じられていた。日吉のアパートに移ってから飼った猫については短篇「鳥の影」に書いた。犬はきらいではないが、ほえるのがうるさいのと、猫との折り合いがうまくゆくかどうか不安で、いまのところ飼わないでいる。

猫好きは陰険で、犬好きは陽性なんていうのは俗説までいかぬ謬説である。人間を猫型、犬型に分けるのだっていい加減なものだ。ようするに、生まれつきであって、猫きちがいの人間も犬きちがいの人間も、きちがいとなりゃあ、どちらも同類である。わたくしは犬猫が好きだが、決して気ちがいという程度には達していない（そして犬猫のほかの、たとえば魚や鳥はあまり飼う気がしない。牛や馬を飼いたいと思うことはある）。わたくしの知合いの老人Kは、完全な犬きちであって、夜、町で酒をくみかわしていても、八時ごろになると必ずそわそわし、「あれが待ってますので、そろそろ……」と呟き、あれとは女房のことではなく犬のことなのであった。別の友人がある晩、Kの宅を訪問しようとしたとき、K家の前で、ばったりと本人に会った。Kはねんねこに赤ん坊をしょってぶらぶらしていたのだ。友人は「お守《も》りですね……」といおうとして、老人にこどもがないのを思い出し、いぶかしげにねんねこの中をのぞくと、それは赤ん坊ではなく、Kの愛犬であった。こういう人を気ちがいというのであろう。

ところでわたくしは、さっき書いたとおり犬きちでも猫きちでもない。万事に不徹底なのがおれの生まれつきさ、とためいきをつくしだいである。だから徹底的にきらいという動物も、まずない。いっぽう、世の中には徹底的な人は数多くいるものであって、とくに猫ぎらいは多い。犬ぎらいはあまりない。犬が「こわい」というのは多いが「きらい」は少ないのではなかろうか。わたくしの若い友人にひどい猫ぎらいがいて、彼はその忌まわしい姿を見ただけで、突如、激怒の焔に身をこがされ、その辺にある可投物を手当たりしだいぶつけるのだ。とうとうある日、手もとにあった空気銃で庭先をよぎった猫を狙い、狭い三角頭に一発お見舞いしたという。「化けて出るぜえ」と、わたくしが可哀想な猫の供養のためにおどしをかけたら、「化けて出たやつにも空気銃で撃ってやりますっ！」と叫び、目を吊り上げて闇夜の鉄砲のイメージを思い浮かべているようであった。

T・S・エリオットに『オールド・ポサムズ・ブック・オブ・プラクティカル・キャッツ』という詩集があるのは周知のことである。じつに愉快な作品が十五篇収録されている。ある人がこのタイトルを『おとぼけ爺さんの猫行状記』と訳したそうである。この訳がいいのか、わるいのか、わたくしには未だに分からない。分からないのは、プラクティカル・キャッツの二語であって、実用的な猫とは何ぞや。わたくしはこの詩集を訳して、きれいな装幀で出版してもらおうかと思い、さてタイトルに返って、はなはだ困惑し、いまだに手をつけていないのである。CODでプラクティカルの項をひくと、*available, useful* などとあるが、ぴったりしない。なおも老眼鏡をおさえつつ辿ってゆくと、*inclined to action rather than speculation* てえのがあり、これだこれだ、おとぼけエリオットじいさんは、この意味をひとひねりツイストしたんだよ、と膝をたたいたが、さて、どう日本語でいい表わすべきか、いまだに迷っているのだ。ただエリオットにこう書かれると、猫たちにはすべてプラクティカルの形容詞がぴったし――というふうに思われてくるから妙だ。プラクティカルなんだよ、猫は。ファンタスティックでも、セオリティカルでもないんだ。いやーじつにこの猫ってやつは、プラクティカルだなあ。……

試みに巻頭の一篇「猫に名前をつける」を訳してみる。

猫に名前をつける

猫に名前をつけるってのは容易じゃない
　休みの日のゲームってわけにゃーいかない
諸君はおれを気ちがいと思うかも知れんが
いいかい、猫にゃー三つの名前がぜったい必要なんだよ、どんなやつでもさ
まず、家族が毎日つかう呼び名だ
ピーター、オーガスタス、アロンゾ、ジェイムズとかヴィクター、ジョナサン、
ジョージあるいは
ビル・ベイリーとかさ――
　こんなのは日ごと夜ごとの平凡な呼び名さ

もっと調子のいい名前というなら凝ったのだってあるよ
紳士にも向き、淑女にもおあつらえっていうやつでたとえばプレイトー、アドミータス、エレクトラ、ディミーターなんて――
でもこれも日ごと夜ごとの平凡な呼び名だ
そうじゃなくて特別な名前が必要なんだ
いっぷう変わって、もっと威厳のある名前がさ
でなきゃ、どうしてしっぽをぴんと立てていられる？　髯をぱっと左右にひろげ、誇り高い思いを舐めていられる？
この種の名前にゃー最低、つぎのようなのがいいね
マンカストラップ、クウェイホウ、あるいは
コリコパット、ボンバルリーナ、それともジェリローラムかな――
ようするに、ぜったいこの猫以外にゃー通用しないって名前だ
だがそのうえに、第三の名前がまだ残ってるぞ
きみにゃーけして思いつかない名前、
人さまの研究じゃみつけられない名前さ――
でも猫じしんは知ってて、

だれにも明かさないんだよ
ねえ、猫ってよく深い思索にふけってるだろう
あれはいつも同じ物思いなんだ
せんせいはじぶんの名前についてうっとりと
考えかんがえ考えかんがえしてるだにゃー
筆《ひっ》舌《ぜっ》に舌《ぜっ》に筆《ひっ》に
舌《ぜっ》筆《ひっ》に尽くしがたあああい
深みのある謎めいた驚ろくべき名前についてさ

わたくしの家の猫の名前は平凡すぎて、エリオットじいさんには相すまぬ思いである。はじめに紹介した「レッディ」は、大猫に似ず、まんまるの、まっ黒い、かわいい瞳の持ち主で、声がまた、ほかの二匹の一歳猫、半歳猫よりはるかに透きとおった優雅さにあふれているので「ソプラノグラチオーゾ」かなんかに改名しようか知らん。わたくしは物ぐさであって、猫に三つの命名をする積極性に欠けているのは恥ずかしいしだいであるが、先だって乗った車の運転手と猫のことを話していたら、彼のほうがわたくしを上回る物ぐさであることが分かった。彼はいかにもだるそうにこう話し

たのだ――

「あたしもね、猫、飼ってますがね、名前をつけるのがおっくうでしてね、ネコ、ネコと呼んでますさあ。近ごろじゃ、ネコや、っていえば、こっちにふり向きますよう」。

英国王立動物虐待防止協会の女たちがこの話を聞いたら、いっせいにエリオットの『猫行状記』詩集を毛語録みたいに片手にささげ持ち、最も悪質な精神的虐待のかどでもって彼の絞首刑を要求するであろう。

エリオットの『プラクティカル・キャッツ』には千差万別の猫が出てくる。まことに猫には一匹一匹、画然とした個性がある。うちの二匹のうち「クロ」は多少食いしんぼうで荒っぽく「チャコ」はおとなしいが、とかげや虫が好きであり、飼猫としては二匹ともまあハンプティ・ダンプティ級であって、人に心配をかけさせないほうだ。

雑誌「ミセス」五月号で小松左京氏が彼の飼猫の話を書いている文章を読んだが、これは相当な猫らしい。すごいゴロマキ猫、つまりけんか猫、暴力猫であって、飼主だろうが客だろうが、やたらに噛みつくという。表に出ていって、やれ安心と思っていると、やがて血だらけ、泥まみれになって帰ってくる。そいつの大きな写真が出ていたが、なるほど、見るからに一流のゴロマキ猫であって、右手を耳のうしろにまわして、殊勝げにお化粧をしているそのスナップをつくづく観察してみると、ひげが、接着剤で固定したみたいに、左右に鋭く張っていて、それがいかにもこわそうな毛だ。鼻と上顎、下顎のところが突き出ていて、並みの猫より細く、おおかみに似ている。鼻の両側に二つずつ黒い斑点があって、これが愛嬌というより、ヤクザのくりからもんもんのような不良性を表わしておる。この文章はまことに出色のもので、小松氏と猫との大立ち回りの個所は名文といっていい。日本なんざ沈没してもいいから、こういう猫も一度は飼ってみたいと思うほどである。「現代詩手帖」の読者は、どうせ「ミセス」なんていうプチブル雑誌は読まないだろうから、小松氏の文章のさわりの個所でも引用したいのだが、コピーライトのかんけいがあるのでやめる。しかし稀れに見る文章なので、興味のあるひとにはぜひ一読を勧めたい。

ゴロマキ猫というのは確かにいるのであって、わたくしの義妹の家に野良猫が入って大あばれしたことがある。その旦那さんが盆栽狂で、家の内外に無数の鉢が並べてあるが、白昼堂々と押入ったそいつは、多数の盆栽を倒し、障子を食いやぶり、とうとう義妹の指に嚙みついた。彼女は血を滴らせながら、やっとゴロマキを追い出したが、あとの部屋の惨状たるや、震度6の烈震にかろうじて耐えた家屋の内部のようであった。

「鳥の影」で紹介した「日吉ミー」も、そうとうヤバい渡世《とせい》をして、あげくの果て、背中に長さ七センチ、深さ五センチもある切り傷を負い、白い背骨を露出させさせながらなお生きのびたしぶとい猫であった。これらのゴロマキを見ていると、わたくしは長田弘君のように「猫に未来はない」とは必ずしも思わないのである。優雅のなかに不敵を——と決心したくなるのだ。これは長もちするテーマではあるまいか。ボードレールの詩「猫」はあまりにロマンチックであって、猫の一面をしか描いていない。現実の猫は、もっともっと不敵なんだよ！　猫についてだけでも、エリオットはボードレールを遥かに凌駕しておるのだ。ただし、彼の顔は、エリオットと同じく、猫づらをしているので、わたくしは好感を持っている。

エリオットが挙げた猫の名前の羅列は、フランソワ・ヴィヨンの「むかしの美女のバラード」つまり、メ・ウ・ソン・レ・ネージュ・ダンタン（でもさ、こぞの雪、いまどこだい）に出てくるアルキピアダ、タイス、フロラ、ブラーンシュ、アランビュルジス、ビエトリス、アリス、ベルトなぞ美女の名前を思い起こさせる魅力を持っていて、猫とおんなは同類であろうかと思わせる。鮎川信夫は、二十数年前、わたくしがボソボソうどんを食っているとき、しかめ面し、白目をむいて、「きみい、なんでそんな、さなだ虫みたいなの、食うんだ！」と冷酷にいい放った（わたくしはといえば、わたくしは碁で打ってがえしをくらったようにきょとんとしたが）ほどの無情な男だが、猫にはからっきし意気地がなくて、頬ずりしながら、「みいや、みいや、どうした、ええ、どうしたえ?」などと優しく語りかけるのを、わたくしははっきり目撃しておるのである。

わたくしは「K」という詩で

われわれはどこから来ないで
どこへ
行かないのか
唯一者としての猫を
観察しつづけて一生をすごしたほうが
まだましだ
問うよりまえに
問われるよりは……

と書いたが、これはわたくしの変わらぬ信念である。

夜の集会

闇を見つめているネコ
ずいぶん形而上的な思索にふけっているようだが
なんのことはない、じつは
自分の敵がそのへんの草むらに潜んでいはしないかと
警戒の目を光らせているだけなのだ
絶対に危険がないと納得すれば
ひと跳ねして
夜の集会に出かけていく
ネコの寄り合いというのは
ほんとうにあるのであって

それを目撃した人はたくさんいる
わたくしが見たのは
うすら寒い四月の或る真夜中
掘割を前にした材木問屋の広い庭でだった
ネコどもは十数匹、たいていは
前足を垂直に伸ばし、姿勢を正してすわっていて
その群れのなかを
ひときわ大きいキジネコがゆっくり巡回し
ときどき立ちどまっては、髭をこすりあったり、ごろごろ言いあったりし
　ている
情報の伝達か、交換か
立てかけた材木に大ネコの青い影が映り
わたくしはヤナギの木に身を隠し、観察していたが
なかなか話し合いは終わりそうにないし
こちらは風邪をひきかけてもいたので、足音を忍ばせ

家に帰ってベッドにもぐった
のどに痰がひっかからまって、息を吐くたびにごろごろいうのがおかしかった
集会は何時にお開きになるのだろう、と思いながら、ぐっすり眠った

失猫記

クロネコが行方不明になったのは一九七五年二月十一日である。その日、彼は吐き気を催していた。首を前につき出して、からだ全体を揺すぶるような空咳《からせき》を何度か繰り返した。わたくしはその場に居合わせなかったのだが、家内は嘔吐の動作に注意し、翌日、獣医Tのところへ連れて行こうと思っていたそうである。あいにく二月十一日は祝日で、獣医は休診であり、あとで考えれば、それがクロの不運であった。夕刻、彼はぷいと外出し、それきりになってしまったのだ。

彼はわたくしの家では幾つかの呼び名を持っていた。黒白の模様からごく平凡に「クロ」という愛称に始まり、クロボックリ、クロコフスキー、クロコビッチ、果てはT・S・エリオットの詩「猫に名前をつける」から拝借して、コリコパット、クウェイホウなどとも呼ばれた。クロだからk音が付けば何でも相手に通じるだろうと思って呼び名を乱発したわけで、当の猫にしてみれば迷惑であったかも知れない。しかし、単一の名前でなく、多くの名前で呼ばれるのは、その主体がいかに豊かな愛に包まれているかという証左であって、このことは人間界の男女の愛の世界にひき比べて考えれば、容易に理解されるところであろう。

クロが家へ来たのは七三年七月六日であった。当時高校三年であった娘が、学校で拾ったのである。期末試験のベルが鳴る前のざわついた教室に彼は迷いこんできた。

娘は彼を教室の外へ出した。テストが終わって表へ出ると、彼はまだそこにいて、娘のあとにのこのこついて来た。彼女は急に可愛くなって、タクシーを奮発して家に連れて来たのである。家内は、娘に「どう？　可愛いでしょう」といわれて、「あらいやだ、そんな貧弱な猫！」と舌打ちした。家にはチャコという当時一歳三カ月のめすの飼猫がおり、ほかにレッディという推定五歳の赤とらのおす猫が出入りしていた。この二匹の世話でも容易でないのに、さらに一匹、素性の知れない貧弱な猫を持ちこまれて、家内はだいぶ娘に文句をいったらしい。クロは生後三カ月位で、たしかに貧弱といわれても仕方がないほど痩せており、容貌もきつくて、お世辞にも可愛いとはいえなかった。しかし、ともかく腹をすかせている様子なので、家内はミルクを一合弱、食器に入れて与えた。クロはそれを一気に飲みほすと、娘の寝台によちよち這い上ってひとわたり匂いをかいだ末、からだを悠々と伸ばして、ぐっすり寝込んでしまった。家内は「まるで三年前から住んでいる飼猫みたいにずうずうしい」と思ったそうである。目がさめたクロは先輩チャコと初めて顔を合わせたが、フーといって、脅しをかけたのは小さなクロの方であった。

クロは順調に育った。チャコはすでに成猫であるが、目方は三・五キロしかない。小猫のとき高い所から落ち、腰を痛めたせいで、せっかく身ごもったのに正常なお産ができず、獣医Tの手で帝王切開を受け、もう二度とこどもを産めないからだになってしまった（手術のとき麻酔をかけたので、おなかにいたあかんぼ猫二匹は死産になってしまった）。クロは一年半も経つと立派なおす猫となり、チャコより遥かに大きく、逞しく成長した。目方は五キロに近かった。毛が全体に長く、稠密に生えそろい、とくに黒毛のつやがよかった。ゆっくり撫でて撫でがいがあるという感じであった。尾は長く、約三十五センチあった。その黒い太い尾を、ふだんは引きずるようにしているが、時に垂直に上げて悠々と歩くことがあった。よくもあんなに、文字どおり垂直に、ぴんと立てていられるものだと思われた。何かデモンストレーションめいた意味があるのだろうと想像するが、その光景には優雅と威厳が同時に感じられた。座高も四十センチ位になり、この分では、どこまで成長するかと、将来が楽しみであった。わたくしは時折り、「ぼうずぐらいの大きさにならないかなあ」と呟いたが、ぼうずというのは高校二年の息子で、わたくしは畳の部屋にすわってぼそぼそせんべいを嚙じっている彼と同じくらいの座高にクロが成長することを夢みていたのであった。そして、その位の大きさになったら「こうやって撫でてやるのさ」といい、空間七、八十センチの高さから斜めに手で撫で下ろす仕草を繰り返してみせた。家人は「まさか、そんなに大きく……」と笑いながらも、わたくしと同じ空想を楽しんでいるふうであった。

クロはからだは大きいくせに、気が弱かった。内弁慶で、チャコが厚いふとんにすやすや寝ているのを見ると、必ずゆっくり近づいてゆき、鼻を相手のからだに付けて嗅ぎまわったあげく、せっかくの安眠を妨げ、とど、力ずくでチャコを追い出すのである。そして寒い時など、長い己れの尾を、近ごろ若い人の間で流行している長いマフラーのように、自分のからだに丸く巻きつけて悠然と眠る。しかし、さかりのついた時以外は、概して外へ出るのを好まなかった。たまに外へ出ても、おどおどと落ち着かず、すぐ家へ入って来るのであった。夏になるとチャコがとかげをくわえて座敷に上がり、それを口から離しては前肢でじゃれる、例の「いたぶり」が始まるので、いかに猫好き一家でも、これには閉口するのだが、クロはそんな弱ったとかげが少し動いてもびっくりして後ろへ飛びのくという臆病者であった。チャコは、横目でじろりとクロを見、また前肢を伸ばして、教えるようにいたぶってみせる。そのうちに、息子に一喝されて、チャコも逃げ、息子はぶつぶついいながら古い割箸で半死半生のとかげをつまんで外へ捨てるというのが、毎夏頻繁に繰り返されるわが家の小事件である。クロが外で弱虫なのは、娘に拾われるまでの数カ月、野外で恐怖の生活を送った幼時の記憶があるせいかと想像される。一方、チャコはわたくしの町の某菓子店で生まれ、数カ月後わたくしの家にもらわれるまで、何不自由なく、蝶よ花よと育てられたのであるから、こわいもの知らず、無残と見えるいたぶりも、実は育ちのよさのあらわれという奇怪な結論になる。

クロは内弁慶だから、家の中では気性が荒かった。猫は一般に勝手ものであり、あまり抱かれるのを好まない。そのくせ、冬近くになって、そろそろ薄寒くなってくると、人の膝に平気ですわりこむ。その徹底したエゴイズムが猫好きにとってたまらない魅力なのであるが、それにしてもクロの我がまま勝手ぶりはひどかった。成長して毛のつやも猫一倍よくなり、ひげの張りぐあいも稀れにみる立派さ、やああ、実にいい猫だ、抱き上げてずっしりした充実感を味わおう、などと思い、両腕にかかえた途端、がぶりと鼻を嚙まれたのはわたくしだけに止まらない。一家四人全員が被害者なのである。食事を与えるときの催促もクロがいちばんしつこかった。鰹節をかいたり、生利《なまり》の肉を削いだりして家内が準備しているとき、三匹のうちでいちばん甲高い声で数多く鳴くのは彼であった。二間《ふたま》へだてたわたくしの個室にいても、クロの声のみ高く聞こえ、わたくしは思わず吹出して「仕様のねえやつだ」と独りごちたこと、一再ではなかった。

クロには顕著な一特性があった。家内は「クロちゃんのおしゃべり」と称していたが、機嫌がいいと、クロは話をするのである。ふとんの上に丸くなっているクロの頭を撫でながら、「いい猫だねえ、いい子だねえ」と人間が猫なで声でいうと、「グッグッグー、グーググー、グッグッグー」と応答するのだ。わたくしもたくさんの猫を飼ったが、こんな芸当をするやつは初めてであった。いわゆる猫のごろごろ声とは全然ちがう。明らかに発語に近い音声である。こども達もわたくしも面白がって試みたが、機嫌さえよければ、必ず応答した。外出から戻った家内などはクロを撫でながら、たとえば次のような気違いじみた会話をクロと交わしていた。

「昼間はクロちゃん、一人でお留守番してたの？（グッグッグー）。そう。パパが寝そべってテレビを見ながらお前を蹴っとばしたって？（グッグッグー、グググー）。かわいそうにね。すぐおととあげるからね。（グッグッググググー）」。わたくしは、遠からず、クロが人語を解し、かつ人語を発声するのではないかと夢想した。クロは上背も大きくなり、高二の息子と拮抗する座高で、毎晩わたくしたちと同じ食卓に向かう。ある晩、クロはわたくしたちの食べている目刺しに、片方の太い前肢を当てる。息子が「こらっ！」と一喝する。するとクロは不意に人間のことばで答える、深く響く声で――「**そのこころは？　そのこころは？　そのこころは？**」……

　クロは一九七五年二月十一日、わが家を去った。きょうは四月十三日、日曜日である。すでに五十一日をけみした。七年前、飼っていた同名のクロは、わたくしの一家が日吉から現在の家に引越して来た直後に姿を消し、四十二日後に再び現われてわたしたちを狂喜せしめた。猫は一般に謎めいた存在であるが、この時ほど、それを実感したことはない。初代クロはその後、平穏に生き、一九七一年五月二十日正午、平穏に病死した。それにひきかえ二代目クロ、クロコビッチ、クウェイホウ、コリコパットは、どこへ行ったのか。もはや腐肉となり、野ざらしとなって、どこかの草むらの影に朽ちていること、確実と思われる、ひょっとしたら人語を発する危機を察して、いち早く賢明な自殺を遂げたのでもあろうか。彼は、他の二匹に比べて、食物をくう前に、より入念にその匂いをかいでいたほど神経質であったから、二月十一日、建国記念日の日、吐き気を覚えて身を慄わせていたこと自体、不可解ではないか。やはり彼は……

クロの死

一月十八日、水曜日、雪。いつものように九時ごろ目ざめる。頭が重く、全身がだるい。

前の晩はひどかった。家族三人のうち、たぶん四時間も眠ったのはわたくしだけで、二人はろくに眠っていまい。飼い猫クロの看病で、みんな寝たり起きたりだった。容体が心配だからと、娘は自分の寝室からふとんを運んできて、わたくしたちと同じ部屋に寝ていた。三人が床に入って電灯を消したのは、午前二時をとっくに過ぎていたろう。わたくしは、睡眠薬がわりにウイスキーをダブルで二つ分くらい、生《き》のままひと飲みする習慣をつづけている。この夜も、そのせいで、すぐうつらうつらしたが、そのうち娘が「たいへん、クロが吐いたあ」と大声で泣きわめき、目を覚まされてしまった。電灯が点いていて、眩しい。二十歳を過ぎた娘が泣くこともあるまいに、と思いながら、「何を吐いた」と寝ぼけ声できいた。娘も家人も、タオルやティシューで吐瀉物の始末をしているらしい。「血みたいよ」「茶色ね」などと話している。わたくしは、もう駄目だ、今夜中もてばいいほうだ、と夢心地に思った。それからクロは、数回吐いた。

クロはまだ生きている。朝食をすませたころ、家人もよんどころない所用で出ていってしまって、わたくし一人、四畳半の茶の間の電気炬燵に足を突っこんで寝そべっている。テレビを見たり、読み残しの新聞記事を読んだりして、なかなか仕事にとりかかる気分になれない。障子と襖で仕切られた小さな部屋には、ガスストーヴも点けてあって、その前の座ぶとんに、薄目をあけたクロが寝ている。古いバスタオルを畳んで、首から下、短い尻尾まで掛けてある。ときどき心配になって、炬燵から這い出て、クロの耳をつまみ、身体を撫でる。呼吸がやや早いようだ。きっと死ぬと思う。前日来診した獣医Tは、もう匙を投げていた。「茶色い、黒みがかったもの、吐きませんか。そうなると、もう駄目です。血ですから」。膵臓がやられているという。クロはもう一週間近くも、好物の生《なま》りはもとより、ミルクも、水さえもとっていなかった。死ぬときの苦悶のありさまをいろいろに想像する。

昨年の日記を開くと、七月十日、日曜日のページに、「融理子、H氏宅から黒猫をもらってくる。五五〇グラム」とある。融理子は娘の名前、H氏は娘の勤め先の出版社の先輩で、その人から、H家で一カ月ばかり前に生まれた数匹の猫のうち、烏《からす》猫をもらう約束をしていたのだった。五五〇グラムのクロは、三・五キロに成長していた。家にはすでに一匹の猫がいて、これは六年前、家人が近所の菓子屋で生まれたのをもらってきた雌の三毛で、名前はチャコという。子猫のとき、高い所から落ちて、獣医のことばを借りれば、佝僂《くる》病みたいな発育不全になり、一度妊娠はしたものの、子を生むに足る骨盤の大きさがなく、結局、母体を助けるため帝王切開をした(麻酔をかけたため、誕生寸前の二匹の胎児は死んでしまった)。ついでに卵巣を除いてしまったから、もう孕むこともない。二匹、四匹と複数の猫を飼っていた時期があり、チャコひとりで多少淋しい気分でもあったので、娘のクロ持ちこみに、格別文句はいわなかった。

烏猫といっても、全身隈なく黒毛ではなく、胸のあたりに月の輪熊みたいな白毛があって、それがV字に見えた。「Vサインとは縁起がいいや」などと、他愛なく子猫の生態を楽しんでいたが、いままで飼った十匹近い猫の中で、このクロほど排便の躾のつけにくい猫はいなかった。所きらわず排便というのではない。戸外での排便をしつけようとしても、なかなかいうことをきかないのだ。もらってきたとき、砂がわりに細かく裂いた新聞紙を敷き詰めたダンボール箱を「便所」として当てがったが、廊下の隅などに置いたこの箱から、一月たち二月たっても離れようとしないのである。

わたくしは、家の者の新聞紙の裂き方が大ざっぱ過ぎるのが不満で、たいていは自分でやった。まず新聞紙四ページ分三枚を重ね、大きく広げて半分にひきちぎる。それをまた半分に、さらに半分に。「陣中膏はガマの油」で、一枚が四枚、四枚が八枚、八枚が十と六枚……と切りこまざいてゆく。気に入るほどの細片にするまでには、両手の親指と人さし指が痛くなってくる。新聞紙ちぎりがすんでも、まだ便所作りの仕事は終わりではない。静電気のせいで、紙は互いにひっ着いて、ダンボール箱の中に平均に散らばっていない。箱の両端を持って前後に揺すり、紙片をわずかに宙に舞わせて平均化する。わたくしは焼きめしを割りに上手に作ることができるが、フライパンでめしを宙にほうり上げて裏返す、あの要領である。こんな「焼きめし作り」を、夏から、やっと戸外で排便するようになった秋にかけて、何十回繰り返したことか。

テレビの昼のニュースを見てから、やっと翻訳の仕事にとりかかる。チャコはわたくしの脇の炬燵ぶとんの裾で眠ってばかりいる。雪見障子の桟を上げて、廊下の向こうのガラス戸越しに外を見ると、雪はやや小降りになったようだった。暑いとみえて、クロは上掛けをはいでいたが、放っておいた。とき折り、クロの腹に目をやって呼吸を測る。前の日まで、獣医は連続四日、来診のつど、クロに点滴をした。わたくしは去年春、尿管結石で入院し、生まれて初めて点滴を受けたが、猫にも点滴療法があるとは知らなかった。獣医Tのネコテン（わたくしは家の者にそういっていた）は静脈ではなく、皮下にするのである。クロは、その施術のあいだ、わたくしに押さえられるまま、じっとしていた。

わたくしは仕事をつづける。しばらくは翻訳に熱中した。ときどき、ガスストーヴの燃える音に気づく。薄暗くなった。チャコが起きて、背中を立て、大あくびして、その場で一回りして、また身体を丸めて眠る。部屋の螢光灯は朝から点いている。ガラス戸の外、庭の数寄屋椿の葉叢の色が濃くなった。クロを見る。さっきまで、ときどき視線を向け、遠くから何度もクロの呼吸を窺っていたが、何だか動いていないようだ。炬燵を出て、耳をつまむ。冷たい。身体を撫でる。温かい。鼻に指を当てる。息をしていない。自分の耳を猫の胸に押し当てる。無音。クロは死んでいた。何という静かな死だろう。わたくしはチャコに、「クロ、死んじゃったよ」といったが、チャコは眠りつづけている。クロの少し開いていた目を閉じてやろうとしたが、完全にはしまらなかった。口もほんの少し開いていて、犬歯が外に出ているのが、ひどく痛ましい感じだった。ガーゼで口を拭いた。胆汁色の吐瀉液が、白いきれににじんでいた。

秋猫記

頭を下げ肩をゆすってゆっくり這い
立ち止まって繊細に尻をふる

ねらったとかげに跳びつき
ピンクの歯茎にくわえ髯をぴんと張って
得意げに座敷に上がり口から放して
片方の前肢でしつこくいたぶる

昼はひとみが細いから
なにしろこの世は目まぐるしい？

ミルクを手まえ巻きの舌で飲み
ゆっくり戻って死体をたしかめる

夏の庭に動くものすべてが
おまえの敵だった花ござの下のミイラ

不安な夕ぐれから隠れたつもりだろうが
ふようの葉のしたに耳が見えてるぞ

じきに虫たちがおまえの犠牲になろうが
冷えたこまかい雨だって降ってくる

用心しろよ濡れたおまえはみじめだ
遠出から帰って明るい電灯のしたで

ていねいにからだを舐めまわしたって
なかなか暖かくならないんだミャオと低く鳴いたって…

マフラーみたいに丸くなって目をだるそうにひらくと
大きな黒いひとみになっていて

また閉じて咽喉であるじへ慄えるごあいさつか
猫満つどき一度起きて大あくび

からだを伸ばし足を突っぱり
畳で爪をといで少し考えこみ

雨戸をあけてやると頸を闇へ…

thy fearful symmetry は不定で一定だな

冬猫記

急に空気が重たくなったみたいに
おまえはのそのそ落ち葉の庭を歩いてゆく
いまの後ろすがたには残念ながら優雅さが欠けているぜ

どうした昼はチンピラやくざみたいに肩で風を切って
長い尾を垂直に立てて闊歩してたくせに
ちょっと日がかげると沈鬱な哲学者じゃないか

山茶花のはなが落ちおまえはびっくりして
両耳を下に向けそっと片方の前肢を伸ばし

においを嗅ぎもう一度さわってからだを起こし
すわり直してまだ見ているもう黒土には
ぬくもりがないんだよじめじめしてさ
しつこさと同時にあきらめもおまえの本性じゃなかったのか

こどもが青蜜柑を雨戸を立てた廊下にころがしても
じゃれようとはしないなんて吊り下げた一本の紐に
さっきは勢いよく跳びついてウルトラCの連続だったのにさ

ことしは燃料が乏しいから覚悟するんだな
せいぜい真冬に晴天の多いわが土地の気候に感謝して
罐詰のオイルサーディンを大いにぱくつけよ

でも世の中一寸さきは闇だぜとくにおまえは気が強いから

例のゴロマキ猫に恨みの一撃をくらって
黴菌がもとで一巻の終わりになるかも知れんぞ

人が死ぬときにゃ断末魔にからだを掻きむしり
うすい合成繊維まじりの下着さえ重く感じて
それをびりびりに引き裂いてしまうばかりか頸にかけた

ペンダントのクルスさえつかんでちぎり投げ
まっ裸になってしまうことがあるんだっておまえだって
髯を爪でひっかきながら狂い舞わぬとも限らない

そんなことのないよう有り難いおまえの後生を祈っているのに
こないだはよくもおれの鼻を噛んだなこのわんぱく猫め
でもさそう情けない目つきをするなよ一年中で最も

恐ろしい暗い日はすぐに来てすぐに去るのだから
やさしく撫でてやるからがまんしろよおまえの舌で
じぶんの豊かな毛を静かに舐めて時を消してしまえよ

なぜ猫なのか

わたくしはこの十月末T・S・エリオットの『ふしぎ猫マキャヴィティ』（原題は「オールド・ポサムズ・ブック・オヴ・プラクティカル・キャッツ」）という詩集を訳して、ある出版社から出してもらった。巻頭の「猫に名前をつける」は、もう五年も前に翻訳したもので、そのころから『荒地』『四つのカルテット』の詩人の、いわば遊びの仕事であるこの詩集を全訳して、きれいな本にしたいものだと思っていた。さいわい佐野洋子さんの絵と、若い編集者O君の努力のおかげで美しい本ができ上がり、わたくしは自分の詩集が出たときよりもうれしかった。

さて、このネコ詩集が書店に配本になって数日後の某日夕刻、わたくしは神田の本屋街を散歩していた。ある大きな新刊本屋に入り、河盛好蔵さんの『パリの憂愁』と吉本隆明さんの『吉本隆明歳時記』を買った。ついでに、わがはいの訳したネコ詩集はどんなぐあいに並べてあるかな、と思って、詩集の棚をのぞいてみた。ところが、いくら捜してもないのである。川崎洋の『海を思わないとき』とか、谷川俊太郎の『タラマイカ偽書残闕』とか、新刊詩集はたくさん並べてあり、米英仏の訳詩集もけっこうそろっている。しかし、エリオットじいさんがヨダレを垂らすように楽しんで書き、わたくしがほくほく喜びながら訳した『ふしぎ猫……』は一冊もないのだった。

わたくしはやや気落ちして店を出ようとした。そのとき、ふと佐野洋子さんの描いた『ふしぎ猫……』の表紙が視野に入った。そこは割りに大きいその本屋の中でも人目につきやすい、いわば優遇された場所だった。「ネコのコーナー」と立て札があって、二十種に近いネコ関係書が所狭しと平積みになっている。ネコの飼い方とか、わが愛猫記のたぐいの本がいくつかあったが、大半は大ネコ、小ネコの写真集である。自分の訳した本がたくさん積んであったのはうれしかったが、こんどは置いてある場所が気にくわなかった。

ちょうどその夜、神田の出版社に勤めている長女と喫茶店で会う約束があった。この娘も人並み以上のネコキチなのだが、コーヒーを前にしてわたくしが先ほどの不満を述べると、即座に「ばかねえ、エリオットだってなんだって、ネコの本はネコのコーナーが売れるのよ。詩集の棚なんかに置いたって売れやしないわよう！」と答えた。わたくしの不満は、エリオット氏のネコ詩集は、ネコキチのミーハーねえちゃんが喜ぶようなカラー写真集といっしょにしてくれちゃ困るんだよ、という思い上がりから来ているのがはっきりわかって、ちょっとシラけた気持ちになった。

ネコキチにもいろいろあって、とくに近ごろの若い女性の盲愛ぶりはこどもじみていていやらしいと思わないでもない。しかし、もともとネコ好きに上等も下等もありはしない。本屋のネコのコーナーの存在そのものが、ネコのかわいさの普遍性と複雑さとを象徴しているのである。

　ネコのコーナーはあるが、犬やそのほかのペットのコーナーはない――これは単にネコ好きの人間が多いことを意味しているのではなかろう。数からいえば犬好きのほうがネコ好きより多いかもしれない。では、なぜ犬の本のコーナーができないのかといえば、それはたぶん、一般にネコが犬よりも姿が優美であるだけでなく、はるかに複雑な生態・性質を持っているからである。それでなければネコの写真集がよく売れるのだって説明がつくまい。

　たとえばネコは、トカゲやチョウをとる。そのとき空へ跳んだり、地上で獲物とじゃれたりする生態はすこぶる変化に富み、「絵」としてでも十分楽しむに足りるのである。それに加えて、目まぐるしく変わるひとみ、首から肩、腰へとつらなるあでやかな曲線、ツメを隠したやわらかく豊かな足先など、全体の姿をかわいいと感じる思い入れが深まれば、だれだって写真集の一つや二つはほしくなろう。

　それら主として視覚に訴える本だけでなく、ネコについての各種の本が、とくにいま読まれるのは、個人（?）主義的で冷たいところがあるネコの性質と関係があるのかもしれない。管理社会の締めつけとやらが強まっている現代、わたくしたちが自分だけの生活に返る夜の空間に、そのような性質のネコほどぴったり合う動物はいないのである。本もののネコは飼えない公社・公団住宅に住んでいる人たちにしても、このナゾめいた孤独な存在に強い魅力を感じ、美しく繊細なネコの写真集・文集・詩集をひもときたい衝動にかられたっておかしくない時代——それが現代なのであって、この役割は犬やコイなどではなかなか果たせないのではないかと思う。

雨戸くるそのとき
とほき
青葉木菟
やみの厨に
ぜりー
ふる
へる

太郎

夜の猫

からす猫が背をまるくして庭を見ている
蹲踞《つくばい》の音は絶え（水道のコックをしめたから）
石のくぼみに浮かんでいるのは竹の枯葉
空にじっとしているのは女郎ぐも

湿った土のなかにあるのは
小さな虫たちの夥しい死骸だけではない？
おまえの知らない昔ここは山で
惨劇や大地震があったそうである

ときどき鼻をぴくつかせている
もっと生ぐさいものの骨のありかが分かるのか
近くで三味線のおさらいが始まって
おあつらえむきかと思ったが

おまえの恐怖をかきたてるわけでもないらしい
薄情にも知らん顔をしている
こう冷えこんでくるようでは
（空も暗いし）あしたは初しぐれか

ある夜、猫を二十匹飼ってる家の青年が遊びに来た

浮かない顔、してますね、だって？　うん、いや、別に。ちがうよ、一人暮らしなんぞ、ちっとも苦にならないさ。むしろ楽しいくらいだ。さっき、吉行理恵さんの「モグ」っていう随筆、読んでたら、ユーウツになっちゃってね。「猫の他に書きたいことがない」って書き出しの短いエッセイ。とっても面白かった。その最後の三行で参っちゃったのさ。いいかい、こう書いてある——

「君子の交わりは淡きこと水の如しというが、モグの前で私は仲間といるときよりずっと落ち着いていて、頭が冴えている」。

どうしてだって？　ほら、ここ、アパートだろ？　家主さんとの契約で、けだもの、小鳥類、いっさい飼えないじゃないの。もう三年ぐらい猫と同居してないから、いまさら猫なんかいなくたって、まあ、平気なんだけどさ、この三行には参りました。猫がいないことの意味が、フィルムのネガの形で、どーんとぼくを打ちのめしたんだな。そのうち、きみんところへ行くから、猫、抱かしてくれよな。ふふふ、そうでもしなきゃ、ぼくの頭、冴えないよ。うらやましいんだよ。吉行さんがさ。
二十四、みんな元気かい？　そうか。おふくろさんが大変だよな、毎日面倒みるの。この二、三日、めっぽう寒いけど、猫山、やるかね？　へええ、そうか。ぼく、たしかに五、六年前に見たぞ。ありゃよかった。一番下に七匹、その上に五匹、またその上に三匹、てっぺんに一匹って、ピラミッド状の猫山。いくら寒いから躰を寄せ合うったって、ありゃ感動的な光景でした。一番下の猫ども、さぞ重かっただろうにね。そうかそうか、じゃ、ぼく、めったにないチャンスにぶつかったってわけだ。もう一度、見たいけど、猫山。

あれだけたくさんいて、一匹一匹、性格がちがうんだから面白い。ぼくはカラス猫、そう、あの七キロある一番重いやつ、あれが好きだな。名前がまたいいやね。「ギャー」。おとなしい子なのに、なんで、「ギャー」なんて名前、つけたの？　ふうん。そうか。ともかく腕んなかに入れると、抱いた、って感じがするもんな。抱きがいのある猫。あれ、いい子だよ。いつかさ、椅子に向こうむきに坐ってた。ながーい、黒いしっぽが垂れてさ、それを左右にゆっくり振ってんだよね。何、してるかと思ったら、三毛の子猫が、しっぽにじゃれてたんだよ。つまり、「ギャー」、子猫を遊ばしてたんだな。向こうむきに、じっとうずくまって、しっぽだけ、うるさがりもせず、ぴいん、ぴいん。「ギャー」はいい子。

昔、ぼくが飼ってたのでも、面白いの、いたな。飼ってたっていったけど、ほかに三匹いたから、つまり内猫が三匹いたんで、外猫として飼ってたんだけどさ。うん、赤トラ。かなり大きなやつだった。ある朝、まだ暗いのにそいつが啼いたんで、雨戸を一枚、開いた。顔を見たとたん、びっくり仰天。だって、首にヘンなもの着けてんだもの。ほら、ポリ・バケツってあるだろう？　そう、ごみ捨ての。あれの蓋で、まん中が丸く刳貫《くりぬ》いてんのがあるんだ。たぶん防火用水用の桶なんだろうな、その蓋を、すっぽり首に巻いてんだよう。せんせい、夜中、お隣のポリ・バケツの蓋の穴に首突っこんで、舌ぴちゃぴちゃ、水をごちそうになったんだな。それが抜けなくなっちゃったってわけ。ばかだなあ、お前、と大笑いしながら、取ってやったけどさ。

　そうそう、この赤トラで思い出したけど、きみ、なんで猫をネコというか、知ってる？　なあんだ、二十匹もいるくせして。そうか。ほら、この本、名著だから、ぜひ一度お読み。いやだ？　もっか、猫より可愛い人間の my love《かわいこちゃん》 のほうで忙しくって、だと？　ちくしょーっ！　ともかくもだな、この本はだな、名著なんだな。著者は渡部義通さん。タイトルは『猫との対話』。そうそうたる日本古代学者なんだが、この人、奥さんともども、たいへんな猫キチ。それで、とうとう猫本を一冊、書いてしまわれた。中に「ねこ・語義と名前」なる一章がある。そこに、猫をなぜネコというかっつー解釈がいくつか紹介してあるんだ。昔、ネコをネコマともいったんだよね。それはなぜか。ほら、ここの僧・契沖の説、読んでごらん。「猫ネコマ。鼠子待《ネコマチ》の略か。（中略）猫の性は、鼠にても、鳥にても、よくうかがひて、かならず取得んと思はねばとらぬものなり。よりて待《まち》とつけたるか」。これ、こじつけらしいんだけどさ、ぼく、はたと小膝をたたいた。そう、さっきのとっぽい赤トラさ。

ある日、うちの、ぼくの仕事部屋の軒先に、笊《ざる》を吊るして、かつお節を三、四本、干してた。うん、当然、天気のいい日さ。ぼく、ひょいと窓から外を見ると、笊の真下、地べたの草むらに、赤トラが寝そべってるじゃないか。ははん、かつお節がほしいんだな、と思った。見てると、ときどき立ち上がって、鼻をくんくんいわせて笊を見てる。跳び上がって落とすには、ちょっと吊るしてある位置が高すぎたらしいんだよ。赤トラ、諦めて、また寝そべる。それが昼ごろだったかな。そのうち、ぼく、仕事に忙しくて、赤トラなんか、半分忘れちゃった。でも気になるから、時折のぞいてみた。ずうっといるんだな、彼。そろそろ日がかげるころ、もういまいと思って窓から首、出してみた。やっこさん、まだ、いるんだよ。この間、数時間。どう、この執念？　ときどき仰向いては、溜め息をついて、いや、溜め息なんかつかないけどさ、ついたみたいにして、また寝そべってんだよなあ。あきれるやら、感心するやら。こういう猫の性質って、ぼかぁ、たまらなく好きなんだよう。だから、渡部さんのご本で、契沖の説を読んだとき、こじつけかもしらんけど、一理あるなって、赤トラのこと、思い出したの。

もう帰る？　あ、そう。勝手にyour loveんとこへけえんな。「ギャー」によろしくね。こんど、抱かせてねーっ。

夢十昼

9

不意に姿を消した黒ネコの行く末を考えていた。ふようの鮮やかなくれないの花が、夏の終わりの真昼の日に、芸者の耳のように透きとおっていたが、夕影とともに、ふようの花は柔らかに、しかも固く閉じてしまう。おそらくあしたの朝は露にまみれて地面にあるであろう。コリコパット、クウェイホウの黒ネコは行ってしまって、幾たびか夜の夢にあらわれた。あの絨毯のような、したたかな密毛の撫で心地を思い出して、わたくしはためいきをつき、近づく闇に手を伸ばし、かたちのないものをゆっくり撫でる。彼の鋭いひとみを、彼の犬のようにとがった牙を、思い浮かべ、草むらに朽ちつつある彼の骨を想像する。夥しい蠕動する蛆も、もう死んでしまって、ただ白い骨だけ残っている。

悪の花　27

日常観察するに
ネコは自動車が好きらしい
止まっている車の下にもぐりこむネコをずいぶん見る
アクスルの匂いなぞ嗅ぎながら
ごろんと横になったり
スプリングに首をこすりつけて目を細めたりしている
いつか可愛いネコがカニみたいにもぐりこんでいったので
道に手をついてのぞいてみたことがある
ちっちっと呼んだが

てめえの身体をなめていて見向きもしなかった
でも車を運転していてずいぶんネコの轢死体を見た
自動車はいい匂いがして友だちだから
むこうでよけてくれるとでも思ってるのだろうか

ネコに九生あり、という
ネコは女で
車は男か

わが町・わが動物

空梅雨か、といわれながら、時折は激しい雨が降り、またかんかん照りに晴れたりして、ことしの六月から七月にかけては、存外、すごしよい日々がつづいている。湿気もさしてなく、夕刻から吹く風など、涼気を通りこして、肌に寒いときすらあった。わたくしの住居は横浜・根岸に近い、かなり古い木賃アパートの二階だが、窓が三方にあって、丘の中腹に位置していることもあり、多少の風さえ吹けば、鬱陶しい思いをせずにいられるのだけれど、とくにことしの梅雨は爽快な日々が多いようである。

いまの住居に独りで暮らすようになってから一年半、わたくしはこの土地のありようがことごとく気に入っている。商店街が近いうえ物価は安い、空気は澄んでいる、人気《じんき》も悪くない、とくればいうことはない。格別、いいなあ、と思うのは、動物が多い点だ。動物ずきのわたくしにとってはおあつらえ向きの環境なのである（といっても、このアパートは友人某君が捜してくれたので、だから、こんな絶妙の立地条件に住めたのは全くの偶然なのだが）。

まず、鳥。さいわいアパートの隣が大墓地なので、樹木がすこぶる多い。ソメイヨシノ、ミズキなどの大木が数十本そびえ、いまはおびただしい若葉青葉に覆われている。

スズメやカラスもちらほら飛びかっているが、墓地のぬしはヒヨドリで、時折、風もないのに大きな枝が揺らぎ、葉の群れがさわさわ鳴ると、決まって可愛い姿を現わすのは彼らである。

ヒヨドリの声は美しい。

夏の初め、巣立ったばかりの雛の啼き声は、いかにも舌っ足らずで愛らしいし、盛夏、親鳥が梢に立って、あれはどういうつもりなのか、かなり長いあいだ、甲高い声でメロディアスな調べを響かせる、その声の澄みようったらない。わたくしの耳には、どんな人工音楽よりも天国的に感じられるのである。

次に猫。海辺に近いわけでもないのに、この町では至るところ、猫の姿を見かける。アパート住まいの悲しさで、自分の部屋で飼うのは禁じられているが、一歩家を出れば、あっちにもこっちにも猫くんがいるから、寂しい思いはしない。

わたくしは猫を見かけると、かならずあいさつすることにしている。

「やあ、赤トラちゃん、いい子だね」

「よう、クロくん、元気かい」

のら猫が多いから、たいていは近寄って来ないけれど、それでもわたくしは、彼らの優美な身のこなしを眺めるだけで、かなりの満足感を覚えるのだ。

三番目は犬。こちらがいくら親近感を抱いていても、他人の飼い犬はほえる。せっかく手を差し伸べて撫でてやろうと思っても、ほえられると、こんちくしょう、と思う。

　例外が一匹いて、これはアパートから坂道を下っていった右手の焼き鳥屋の飼い犬である。

　夜、十時すぎから放し飼いにされている、目方は五十キロもあるかと思われるむくい犬で、一見おっかなそうな顔をしているが、わたくしが夜、通りがかって口笛を吹くと、きまって尾を振りながら小走りに駆け寄ってくる。わたくしはしゃがんでむくい犬を抱き、思いきり撫でる快感を味わうことになる。

　そのほかにも、いろいろな生き物の話があるのだが、紙数が尽きた。

　ともあれ、動物ずきのわたくしは、ほくほくしながら日々〝わが町〟のありようを観察しているのである。

撫でるだけ

わがともは、ネコ。ずいぶんいろいろなネコとつきあった。いまのアパートはネコの同居を許さないから淋しくて仕方がない。

でも、この街にはネコが多く、三十メートルも歩けば必ずネコにぶつかる。ちっちっと舌を鳴らして呼ぶと、たいていは逃げていってしまうが、なかには「にゃあああん」と啼いて寄ってくるのもいる。こういうネコは、こちらが膝を折って撫で、さらに抱き上げても、決してさからわない。されるがままになっている。そんなネコに出会ったときは嬉しい。少しのあいだ、腕にかかえて撫でたり、相手のからだにこちらの鼻を埋めて匂いを嗅いだりして、すぐに放してやる。

逃げるネコはノラ、寄ってくるのは飼いネコ、と知っているから、淋しいけれど、あまり情が移らぬうちに放すのである。

いま、匂いを嗅ぐ、といったけれど、ネコは全然くさくない。つまり、無臭がネコの匂い。この、匂いのない匂いが、わたくしには無上の魅惑。

この二年間に、七回引っ越した。越した先は木賃アパートか間借りばかりで、どこも飼いネコ同居を許さなかった。朝夕、縁側や戸口で食べものを与え、夜は家へ入れない程度の、半分飼いネコ、いわば「セミ飼いネコ」式のつきあいなら、どうにか大目に見てもらえたところもある。

たいそう寒い夜など、外へ出すのが可哀相で、こっそりベッドへ入れてやったが、そんな折はめったになかったから、明くる朝になると、そのネコくん、ゆんべはヘンな所にご厄介になっちまったな、みたいな表情で、一瞬、あたりをきょろきょろ見まわしたかと思うと、さっさと退散してしまうのがおかしかった。

K市T区で間借りしていたおととし、赤トラを「セミ飼いネコ」にした。五キロ以上もあって、まことに抱きがいのある大ネコだったが、これがじつに気立てのいいやつで、いまでも彼のしぐさや表情を思い浮かべると、ほろりとする。

当時、いっしょにオナガを飼っていたのだが、赤トラちゃん、籠の中のオナガに指一本（爪一本？）出さないのである。それどころか、オナガを籠から出しても、畳の上をちょんちょん跳ぶ鳥を、ちょこまか動きやがって、こうるせえやつだ、という目で見ているだけで、平然としていた。いつか、ストーヴの前に赤トラが向こうむきに寝そべっていた。放し飼いのオナガが、ちょんと跳んで、赤トラの背中を突っついた。さすがに、このときはぞっとした。ところが赤トラちゃん、首をこっちに向けて、だるそうに「にゃあああ」と啼く口の形をしてみせただけ。「痛いじゃないかあああ」といってるみたいだった。……

この赤トラのほかにも、たくさんのネコのともだちがあった。でも、ネコは「家に

つく」。そうなっては困るから、いまは街へ出て、機嫌のいいネコを撫でるだけです
ませている。

うたの言葉より

ひた急ぐ

ポアンチュウも、こんな季節になると外へ出しておくわけにいかない。おまけに、扉の下から鋭い唸り声を立てて風が吹きつけるので、彼は靴拭いのところにさえいられなくなる。で、もっといい場所を捜しながら、私たちの椅子の間に、そのごつい頭をもぐり込ませてくる――と、ルナールは『博物誌』に飼犬ポアンチュウのことを書いている（岸田国士訳）。寒い日には犬だって暖がほしい。結局、ポアンチュウは、からだをくっつけあって火に当たり、わざと意地悪く仲間に入れさせまいとしている家族のあいだに割りこむのに成功するのだが、ルナールはごく短い文章で人と犬との交情をデッサンふうに描ききっている。

ひた急ぐ犬に会ひけり木の芽道

中村草田男のこの句、「ひた急ぐ」がおもしろい。人にしか使えないような修飾詞を犬に用いて、一種のユーモアをかもしだしている。

猫の子

草田男の「ひた急ぐ」は、飛ぶように駆けている感じではない。ごくゆっくり駆けているのではないだろうか。ウマならせいぜいだくあし程度の速さと思う。わたくしは先日、猫が「ひた急ぐ」さまを見て、おかしくて仕方がなかった。その大赤トラはのらのくせに時折うちに出入りしていて、ねだられれば食べものも与え、知らぬ仲ではない。買い物に出た下りの坂道で、そいつがすぐ前をひた急いでいたのだが、こちらがちっちと舌を鳴らして呼んでも聞こえないふりですたすた駆けつづけ、振り向きもしない。わたくしは苦笑して、ネコにも急ぎの用ってあるんだなと呟いてしまった。

猫の子の膳につきくる旅籠かな

松藤夏山作。春のかわいい仔猫も、成長するにつれて渡世の苦労をかさね、〈不愛想の魅力〉にますますみがきがかかってくるのである。

春の猫

「猫の恋」というのは春の季語になっているが、ネコが種族保存のために狂うのは年一回ではない。それなのに「猫の恋」といえば春に定まったのは、春という季節が人間にとって格別なやましく感じられる時期だからで、ネコ自身にはかかわりのないことである。

二つ出て一つ炬燵に春の猫

作者は松本たかし。飼いネコの三匹が炬燵に入っていたが、いつの間にか二匹は出てしまって、一匹だけが残っている。出ていった二匹はどこへ？「春の猫」とあるので、恋狂いにかとも思うが、一匹になって邪魔ものがいなくなったとばかり手足を伸ばしているさまが、まず目に浮かぶ。

たかしは茅舎に兄事したが、すこぶる神経の細かい人だったらしい。そのたかしの、これは死ぬ三月前の作で、内閉的な彼にとってはネコは貴重な慰めを与えてくれる生きものであった。

犬も猫も雑種が好き

近所に間口一間半ほどのペット・ショップがある。市営バスの停留所の真ん前で、この夏のある日、昼すぎにそこで下りたら、顔見知りの若い店主が、「さあさあ、かわいい犬、ただで上げますよ」と道行く人に呼びかけていた。見ると歩道に小さな檻が置いてあって、中に三匹の子犬が動きまわっている。しゃがんでのぞきこむと、全身茶色がかっていて鼻のまわりだけ黒いのが、しっぽを振って寄ってきた。ほかの二匹もかわいいが、この鼻黒くん、格別愛らしかった。「どう？　持っていきませんか？」と店主がいう。ううん、知ってのとおり、うちがアパートじゃね、などと二こと三こと立ち話をして、その場は立ち去った。

翌朝、行きつけの喫茶店でくだんの店主と顔を合わせた。きのうの子犬、どうした、ときいたら、三匹ともすぐにもらい手がついたという。あんなにかわいらしい犬をなぜ無料で、と問いただすと、「雑犬なんでね」ということだった。血統書付きでないと商売にならぬらしい。

それからしばらくして、晩夏の某日、バスを下りて例のごとくペット・ショップのショーウインドーをのぞいていたら、店主が中からぬっと出てきて、「どう、この犬、すてきでしょう？」。店内の大きめの檻にドーベルマンが入っていた。店主はさっさと首にひもをつけて檻から引き出す。ドーベルマンが警察犬、軍用犬であることぐらい知っているから、こわごわ手を出したが、相手はほえもせず、おとなしくなでられていた。濃い茶の、じゅうたんのような毛並みが、うっすら光っている。血統書付きの高価な犬だが、事情があって、「飼うならただで上げますよ」と、こちらが飼えないのを知ってのうえでからかっているのかどうか知らないけれど、真顔でいう。むろん辞退した。

猫でも犬でも、むかしから雑種が好きなのである。血統書付きなんて、もらっても飼う気がしない。ドーベルマンはたしかに立派で、利口そうで、上品な犬だ。たまたま伊達一行の小説『スクラップ・ストーリー――ある愛の物語』(集英社)を読んでいたら、登場人物が次のように語る場面にでっくわした――「この世の中で、ドーベルマンほど美しいものはないよ」／と彼は興奮して言った。／「小学校の頃、はじめてドーベルマンを見たんだ。ドーベルマンは哲学者の瞳と悪魔の額をもっていると俺は思うね。あんな生き物は地球上にそうざらにいないよ」(六十二ページ)。そうかもしれぬが、どうも好きになれそうもない犬だ。

決して血統書付きや純粋種に偏見を持っているのではない。子どものときから慣れ親しんできた猫や犬が、みんな雑種だったから、それらが好きで、かわいく思うようになってしまっただけの話である。むかしはいまと違って、だいたい犬も猫も〈自然〉の存在だった。犬についていえば、よほど由緒ある名犬でないかぎり、子どもたちは鎖や縄など付けずに、愛犬たちと原っぱや街中を駆けまわっていたものだ。草原や路地で上になり下になりしてじゃれあった、それら雑種の犬たちの、なんとかわいかったこと！

犬に劣らず猫も好きだが、こちらも雑種にかぎる。シャム、アビシニアン、ヒマラヤン等々、姿かたちはたしかに優雅だけれど、野性味のある雑種のかわいさに及ばないと思うのは、これまた子ども時代からの〈猫的環境〉のしからしむるところか。トラ猫、キジ猫、カラス猫――たくさんの雑種の飼い猫に一匹ずつ思い出がある。彼らののしどけない寝姿や軽快な跳躍、柱に首をこすりしぐさなどの一々を、時折、幻に見る。いまは犬同様、猫も飼えないし、また、たとえ飼える条件ができたとしても、そうする気はまったくない。生き物は、すべて少し距離を置いて眺めているのが、いちばんよろしいようである。ただ、猫に関するかぎり、妙な話をきくと、ちょっと飼い欲をそそられはするが。

たとえば、最近、某君から聞いた話――友人の家を久方ぶりに訪問した。大きなトラ猫が畳に寝そべっている。すこぶるきりょうがよくない。上下より左右がはるかに長い顔は、まるで毛ガニみたいだ。某君、うっかり「ずいぶんブスな猫だな」と口走ったそうである。するとその家の主人、人さし指を口に当てて「しーっ！」。ひそひそ声で「そんなに大きな声でブスだなんて！　こいつ、悪口きいた客には、帰りぎわ、必ず食いつくんだぜ」と説明する。某君、まさか、と気にもとめず主人と歓談数刻。ややあって辞去することになり、さっきの話なぞすっかり忘れて廊下へ。とたんに薄目を開けて寝そべっていた大トラくん、がばと身を起こして追いかけざま、某君の右のふくらはぎにかみつくが早いか、一目散に逃げたという。

「本当かい？」「ほら、この傷」と某君、ズボンの裾をまくり始めた……こんな雑猫なら一度はと、つい思ってしまう。

撮影：松尾順造

愛すべき動物たち

ことしの夏は、じつによく雨が降った。東南に面した二階の二部屋を借りて住んでいるのだが、六畳の和室のほうの窓を開けると、すぐ目の前に大家さんが住んでいる一階の屋根が二メートルほど伸びている。その屋根がトタンだから、雨が降るとかなり激しい音を立てる。二階の屋根の樋が古いせいか、それともそこに落葉でも詰まっているせいか、雨の量が多いと、はしのほうから滝のように水が落ちてきて、トタン屋根を打ちつける。そんなときは、激しいのをとおりこして、ものすごい響きになる。

八月に入っても、青空にぎらぎら太陽が輝く日は少なく、これでは夏休みの子どもたちがかわいそうだなと思う。わたくしの小学校のときの記憶では、夏休みに入った直後、つまり、七月二十一日から数日は、奇妙に天気が悪かった。たぶん、そのころに梅雨が明けかかっていて、それでぐずついた空模様がつづくという夏が多かったのだろう。しかし、たいていの年は、八月になりさえすれば、毎日が晴れの日ばかりだった。低学年のときには、東京の郊外のいなかみたいなところにいたから、玉川電車でプールに通ったり、近所の原っぱでトンボ釣りをしたりして、夏休みの楽しさを満喫したものだった。

けさは、久しぶりに空も晴れ、かなり蒸し暑かった。アブラゼミが鳴いていたけれど、ケヤキの幹にとまっている一匹だけで、これではなんだか寂しい。窓際にすわって、扇風機をかけ、ぼんやり外を見ていると、トタン屋根のまんなかあたりに、シジミチョウのような小さな虫がじっとしている。まったくの無風で、翅らしいところは少しも動かない。もっとよく見ようと、眼鏡をかけた。そのとたん、スズメが一羽、飛んできて、屋根にとまった。

スズメは、すぐにチョウに気づき、そちらにちょんと跳ねていった。そして、もう少しで獲物をついばもうとしたのだが、一瞬はやく、チョウは飛び立った。そのときのスズメの驚きようといったらなかった。彼は、獲物になるべき物体はそこに横たわっているだけであって、簡単に手に入ると思っていたに相違ない。それが証拠に、スズメはチョウがひらひら舞い上がるのと同時に、自分も羽根をばたつかせて、大あわてでうしろに飛びのいたのだから。

この冬、湘南の友人宅にいたときのことを思い出した。スイセンが咲いている庭に、近所のノラ猫がゆうゆうと歩いていったのだが、スイセンの茎のそばを過ぎるとき、ちょうど風がふいて、花の先が猫の体のうしろをこすった。すると、猫はさっと振り向きざま、前脚でスイセンをひっかいた。猫にしてみれば、なにかの生き物にちょっかいを出されたと思い、無礼ものとばかり、相手に一撃をくらわせたつもりだったのだ。ところが、相手は花。ゆっくり去っていく猫の、なんとバツの悪そうだったこと。

けさのスズメといい、この猫といい、動物たちは思いがけない笑いを人間に与えてくれるものである。

虎造

わたくしは木造アパートの二階の部屋を借り、もう三年間住んでいる。部屋を借りるについては、当然ながら大家さんと「貸室賃借契約書」なるものを取り交わした。その第七条にこうある――「乙は貸室内に於て風紀衛生上、若しくは火災等危険を引起すおそれのあること、又は近隣の迷惑となるべき行為其の他犬猫等の家畜の飼育をしてはならない」

なぜか大家さんは甲であり、わたくしは乙であって、乙であるところのわたくしは、契約によって、猫が飼えないのだ。どんなにガンバっても、日本政府発行の二百円の収入印紙を貼って、大家さんと当方の印鑑で割り印をした契約書を取り交わしたからには、猫を飼うことはできないのである。

わたくしは、自分で呆れかえるほど猫ずきであるが、マジメな市民でもあるので、契約は絶対に守らなきゃいけないと思っている。ところが、困ったことに、猫はたいへん利口な動物である。人間は猫をたくさんの種類に分けているけれど、猫は人間を二種類にしか分けない。つまり猫派と反猫派だ。頭がいいだけあって、彼らは一目でこの区別をつけてしまう。こちらは決して猫を飼うまいと思っていても、先方から目をつけられると、甚だ迷惑してしまうのである。

しかし、虎造はなかなかつごうのいい猫として登場した。部屋のすぐ南東の側に、大家さんの二階家が、ほとんど軒を接するように建っていて、その一階の屋根づたいに、ひょいとこちらの窓の手すりへ跳びうつり、ひと声ぎゃおと挨拶して、わたくしのベッドで昼寝をし、頃合いをみはからって帰っていったのは、たしか昨年の夏ごろであった。赤トラの雄で、あまり猫相はよくないが、寝姿を見ているとやっぱりかわいく、仕事ちゅうにちらちらやっこさんのほうへ視線を走らせるだけでも和んだ気分になれもするので、出入りを自由にさせている。

この赤トラ、つくづく観察し、かつ鑑定するに、ほんの少々シャムの混血で、それが証拠に、全体に毛並みがなめらかであるばかりでなく、啼き声がシャム特有の、低いしゃがれ声である。で、わたくしは「虎造」と名づけた。いまの若い人たちは知るまいが、むかし、広沢虎造なる名浪曲師がいて、その節まわしの美しさで、全国のナニワブシ・ファンを魅了したものだ。赤トラは美声どころか、むしろ悪声であって、へたくそな浪曲師を連想させるところがある。それで、どうせ浪曲師まがいの声なら、赤トラでもあることだし、名人・虎造さんの名前を勝手にちょうだいしようと、こう決めたわけであった。

虎造は利口で、どうも乙であるこちらの立場をのみこんでいるらしい。冬は閉めてあるガラス窓を、からだを斜めにしながら両前足でこじ開け、ぎゃおぎゃお啼きながら入ってくるが、それほど食べものをほしがらないで、ただひたすら、ベッドで眠る。ほうっておくと、二、三時間は寝ている。目をさますと、またぎゃおと啼き、こんどはどういうわけか、入ってきた窓から出ていこうとせず、こちらの顔を見い見い、ひとを次の間、台所へと導き、そこにある正式（？）の出入り口であるところのドアを開けろと催促するのである。わたくしはドアのノブをまわし、またおいで、と声をかけて送りだしてやる。めったにおかか入りのごはんを与えたことはない。

　つまり虎造は、このだんな、乙なんだ、と見抜いていて、昼寝以上のことは要求しないのである。へっ、どうせおいらは乙だよっ、虎造なんて、おとくいさんを二またも三またもかけやがって、大方どこかの美人にごちそうでももらってんだろうさ、と呟きながら、でも、まる一日こないと、少し淋しい。

樹上の猫

一所不住という言い方があって、一か所に定住せず、一生さすらいつづけるという意味らしいが、もとは禅にかかわりのあることばだろう。わたくしは昭和五十三年から五十六年にかけての満二年三カ月のあいだに、七回住居を変えた。五十六年一月、横浜市中区に引っ越してからまる六年、珍しく長い期間、一所定住をつづけたが、昨年病を得てから同じ中区内の歩いて十五分ほどの場所へ転居して今日に至った。やれやれ、これで終わりみたいな具合だな、と思っていたのだが、歳末の忙しい折に、またまた別のところへ引っ越すことになった。ほぼ十年のあいだに九回の移転という計算になる。

一所不住とか人生コレ漂泊とかいう気負いはまったくない。そのときどきの事情であちら、またこちらと移り住んでいるだけの話だ。衣装簞笥も洗濯機もなく、生活必需品は最低限に抑えているから、引っ越しといっても身軽なほうだろう。書籍・雑誌のたぐいは確実にふえているが、それとて文筆を業としている人間としては、たぶん、驚くほど少ないはずである。むろん、引き連れていくべきペットもいない。

かなりの猫好きだから、ほんとうはドラ猫の一匹も飼いたいのだが、一所不住の予感が大分以前からあったので、それは控えてきている。しかし、過去八回の住居では、どこでも近くのたくさんの猫と顔見知りになり、なかには撫でたり抱いたりできる猫もいた。まもなく引っ越すことになる現在の家でも、すぐ裏に若い友人の技術者、Tさんがいて、幸いなことに彼女は七匹のかわいい猫を飼っている。キジ猫が四匹、白地に黒のまだら猫が三匹だが、多いときには二十匹くらいいた。Tさんは困ってしまって、あまり気が進まなかったそうだが、思いきってすべての猫に避妊手術を施してしまった。そのうえ、友だちなぞに譲って、やっと七匹に減ったのである。

キジ猫のなかに、スーという名のすばしっこいのがいる。昨年夏の某日昼、もう一人の若い友人、ライター兼エディターのS君夫妻の家でお茶をごちそうになっていたのだが、いやにオナガの声がやかましい。ちょうどTさんもいて、みんなで外へ出てみた。オナガが十羽前後騒いでいたのは、T家の横にそびえているソメイヨシノだった。十メートルはゆうに越す大木の夥しい緑の葉のあいだに、オナガども、ぎゃーぎゃー啼いては、枝を飛びかっている。一同、いぶかしく思って見上げているうちに、「あれっ、スーだよ！」とTさんが叫び、枝のひとつを指さした。葉が豊かに茂っている、かなり上のほうの枝に、たしかにスーがいた。うずくまるような姿勢で、騒ぐオナガのほうをにらんでいる。梢のほうにヒナの巣でもあったのかもしれなかったが、よくあんな高い所まで、とみんな呆れた。結局、飼い主の声を聞いて、スーはしぶしぶ下りてきたのだが、わたくしはおかしくて仕方がなかった。

猫は鳥を見ているとき、とても羨ましそうな目つきをする。自分にも羽があれば、と思っているにちがいない。これから引っ越す先にも、スーのような夢みる猫がいて、仲よしになれればいいな、と思う。

突然、猫が……

いま部屋を借りている家は東側と北側が小高い山林、南側はだらだら下がりに開けていて、西側は逆にゆるい上り坂になっている。小さな丘の狭い中腹に位置しているといってよいだろう。近所は住宅だらけで、それらは海へ向かう南側の一本道の左右、そして西側の上り坂からなお西のほうへなだらかに起伏する台地一帯に建っている。高さ五十メートル前後の丘にはさまれている南の一本道は幅五メートルほどで、いまは両側にびっしり家が建っているが、大戦が終わったつい四十数年ほど前には、一本道が海岸近くで東西に通じている私鉄の線路と交わるあたり、ちょうど小駅が設けられている近くに、わずか数軒の家があっただけだという。西側の台地は二十数年前まで広大な山林だったが、大手の不動産会社が宅地造成に乗り出し、いまでは数百戸の家が建って、落ち着いた雰囲気の住宅街になっている。

　ながながと家の位置を書いたが、南へ行っても西へ行っても住宅ばかりで、近くに商店がないことをいいたかったのだ。まさか酒屋へ三里、豆腐屋へ二里というほどではないが、老いぼれたいまのわたくしの足では十五分ほど歩かないと、小売商にもスーパーにもたどり着けないのは少々厄介である。タバコ屋だって遠いから、たいていは十個入りのカートンで買う。しかし、以上の事情は年寄りにとってありがたくもあって、というのは知らず知らずのうちに足を使うことになるからだ。たどる道は住宅街で、車の騒音なんかほとんどないから、まずあつらえ向きでもある。西のスーパーへ行く途中には、プロムナードと称する三百メートルほどの歩行者専用道路まで備わっている。

いまの場所に引っ越してきたのは一昨年の暮れで、それからしばらくは住宅街の草花を眺めたり、プロムナードの両側に植えこまれた多種類の木を見つめたりして、ささやかな楽しみを得たものだった。プロムナードの管理をしているのは市だか地元の自治会だか知らないが、木のひとつひとつに名札がついているのが、その道に暗い当方としてはまことにうれしく、お蔭で大分いろいろの木の名前を覚えた。以前から知っているのももちろんあったが、たとえばオオシマザクラ、アセビ、ドウダンツツジ、シラカシ、クチナシ、クロガネモチ、タブノキ、エノキ、サザンカなどが植わっている。

そうこうしているうちに、ちょうど季節がひとめぐりして年も変わったのだが、ことしはすでに立夏も過ぎたのに、去年とちがって気分が落ち着かず、住宅街やプロムナードの植物の変化を楽しむゆとりもない。冬から春、春から初夏への移りようを草木の相のうちに見る楽しみを味わおうなんて気になれないのである。それにはいろいろとわけがあって、ミステリや子ども向けの翻訳がはかばかしく進まない焦りもあるが、何といっても猫がいけないのだ。

還暦を迎えた女性の家主が不意に猫を持ちこんできたのは去年の十一月だった。友人の女性の知り合いに、どうしても飼ってくれと頼まれたのだという。顔の上半分と背のごく一部、それに腰から尾にかけて大まかに茶色の模様が入っていて、あとは純白だが、格別かわいいというほどではない。もともと家主もわたくしも猫は好きなほうで、それまでも庭から縁側に上ってくるノラ猫の四、五匹に食べものを与えていたくらいだが、外猫はともかく、内猫を飼うとなると話は別だった。昔、何匹も飼っていたことがあって、ひざに乗せたり、寒い夜にいっしょにふとんにくるまって寝たりしたときの、あの何ともいえぬ猫の体の感触を思い出したりして、いくらか気持ちが動いたが、この年になっていまさらと、こちらはいい顔をしなかった。しかし、家主は絶対飼うという。一匹くらいなら、ま、しかたないか、と従わないわけにはいかなかった。

ところが飼い猫は一匹にとどまらなかった。それから一カ月のうちに、家主はさらに二匹をよそからもらってきたのだ。「一匹じゃかわいそうよ」というのが口実で、別の友人の女性から日を置いて一匹、また一匹と譲り受けたのだった。こうして内猫は合計三匹になった。初めにもらった猫は雄で生後三カ月、サブローと名前をつけたが、あと二匹は二カ月、どちらも雄らしいのでゴロー、シチローと名をつけた。その直後、おなかをこわしたシチローを獣医に診てもらったら、これ、雌ですよ、といわれ、あわててタラと改名した。ゴローとタラは兄妹で、ゴローはサブローと同じ茶と白、タラはキジトラだ。

どれも子猫だから、飼ってみるとやはり楽しい。三匹が部屋から部屋へすごいスピードで駆けまわったり、上になり下になりしてじゃれあったりしているのを見ているだけで心が和む。しかし、大小便の世話や食べものの心くばりで、ずいぶん気疲れもする。これもかわいさの代償さ、と思って、家主もこちらもにこにこしていたのだが、二月ごろから三匹の挙動がおかしくなった。雄の二匹が雌のタラに背後からのしかかり、怪しげなふるまいに及ぼうとするのだ。獣医のくれた猫手帳には「発情は六カ月から始まる」と明記してある。わたくしは笑いながら、ただふざけてるだけさ、ようするに猫のセクシャル・ハラスメントですよ、などといっていた。ところが事実はちがっていた。

四月ごろから、タラはだれが見ても身ごもっているのがわかった。目方は三キロ足らず、こんな小猫が母親になれるかい、と思っていたが、とうとう五月二日、子どもを三匹産んだのだ。一匹は死産だったが、黒と白のかわいい子だ。父親はだれだかわからないが、おじさん猫のゴローがしきりに赤んぼう猫をなめるから、こいつが怪しい。柄は全然ちがっているが。

猫どもの食料は家主が車でまとめ買いしてくることが多いが、わたくしも散歩がてら、例のプロムナード経由、スーパーへ買いに行くことがある。道の両側は新緑の真っ盛り。細かいつぼみが密集したアジサイの葉が、ほかのどの木の葉よりも薄明るい緑で、格別新鮮だ。猫のセクハラにごまかされて、つい避妊手術の機を逸したが、そのうちに何とか早くとか、二匹の子猫の身の振り方をどうしようとか、往復三十分の道すがら、あれこれと猫どもの行く末を考えている自分に気づく。人間は猫を飼っているつもりだが、実際は猫が人間を飼っているのだという至言が、つくづく身にしみる初夏である。

霧雨

家は雨戸ごと
鎖でぐるぐる巻かれている
暗い障子の部屋で
影法師の絶叫が絹を裂く
長い夜だ
男は呆然と腕を組み
あらぬことを考えている
（トンボが枝の先にとまって
翅を収め終わるまでの
幾つかの動作

あの
微妙な時間の緊張は
たぶん
蜻蛉目昆虫が生きのびていることの
説明だ）
ことしはフヨウの花は遅く咲いた
キンモクセイがもう追いついている
それらの花の夜はどのようにあるのか
垣根の向こうの屋根は
どこも静まっていて
疲労が睡眠の王であるのだろうか
どこの家にも
地獄の椅子が一つずつ備わっているのに……
犬の遠吠えのような声は
とじられた耳に届くはずはないのだ

男はため息をついて朝を待つ
とてもきらいな唄のメロディーが
自然に舌と咽喉を動かすのを
非常に不愉快がる
総毛立ちながら夜の台所にまだ置いてある
ゴキブリゾロゾロ
ゴキブリホイホイ
の極彩色の箱を頭のなかに思い浮かべる
いかに強風ふきまくも
いかに怒濤が逆巻くも
クモは冷静に正確に緻密な網をつくる
そしてじっとしているのだ
男は自分が気が狂うことはあるまいと
クモのように黙考をつづける
唯一の気がかりは二月前に出ていってしまったメスネコのチャコだ

おう、彼女のことを想像すると
死にたくなる
蛆虫どもよ、早く彼女を骨にしてやってくれよ
綺麗な、露のたまる骨にね……
うす青いチャコの眼はいちばん早く融けてしまっただろう
夥しい枯葉の中に埋もれてしまって
絶命したチャコの孤独が
暗いガラス戸に映る
男の頭に
とつぜん無数のアキアカネが飛び交う
もう絶叫はそれが発する
この一つの家にすら聞こえない
しばらくして
トンボが
枝の先にとまるのが見える

一度翅を下げる
そして
もう一度下げる
その短い間《ま》は
恐ろしい時間の凝縮なのであった
悪に強きは善にもと
善に強きは悪にもと……
せりふを呟く男の家をさっきから霧雨《きりあめ》がとりかこんでいた

鳥の影

日ざかりである。中学三年生の息子が廊下を歩いてくる。私は起きる気になっている。頭が少し重い。十ぐらい、夢を見たようだ。ろくな夢ではない。ようするに、己れが卑小な存在であることを示すにすぎない夢を、毎晩のように見る。

「おい、起きろよ」

息子のいい方は乱暴だが、静かである。私は夏休みをとって、夜ふかしをして、午前三時ごろに寝たのだった。息子は私の四畳半の部屋の襖をひらき、突っ立っている。

「少し肩をもんでくれえ」

息子は黙って、私の肩をもむ。太い指だ。力もかなり強い。

「腰んところ」

腰が強くもまれる。

「ずいぶん夢をみた」

「いくつぐらい」

「十《とお》」

「どうして」

「さあ」

「暑いなあ。雨戸、あけろよ」

あけろよ、といって、自分でガラス窓を開き、一枚の雨戸を繰る。まぶしい。暑い。私は、もういいよ、といって、はね起き、あとは自分で雨戸をあける。東と南に面して、二枚ずつの雨戸。安普請なので仕方がないが、建具に出来不出来がある。ガラス戸の具合はいいが、雨戸はひどい。まだ四年しかたたないのに、端のほうが笹くれている。乱暴に扱ったわけでもない。ときどき指や掌にとげが刺さる。雨戸の外側はトタン張りになっていて、そのトタンには青いペンキが塗ってある。

こもっていた暑い空気が抜ける。息子は行ってしまった。私は意識して、すばやく身体を動かす。ぐずぐず起きるというのは、いやだ。ふとんを上げ、押入れの襖をしめる。

「おおい、ママは？」

「いないよ」

いちばん遠くの自分の部屋で息子が答えるのが聞こえる。私は台所へはいって湯を沸かし、インスタントコーヒーにそそぎ、トーストを一枚食べる。ランニング・シャツに半ズボンだが、狭い台所は暑い。

息子は部屋から出てきて、台所の入口の引戸によりかかり、私がパンを食べているのを見ている。もう一時だった。

「昼めし、食ったか」

「まだ」

「ママは？」

「目黒だよ」

目黒は妻の実家である。しばらく無沙汰をしていたので、両親のご機嫌うかがいに行ったのだろう。

「どうする？」

「え？」

「昼めし。ラーメンでも食え」

「うん。狸小路か。金、くれ」

「ああ」

狸小路という屋号の店のラーメンを、一週間ばかり前、妻と二人で食べた。出前の兄さんは、ばかに愛想がよかった。太めのそばだった。あまりうまくはなかった。

「おねえちゃん、あさって帰ってくるよ」

息子は百円玉二個を掌にのせて、隣りの椅子にすわった。娘は、友だち三人と、ユースホステルめぐりで、長野から山梨へ、三泊四日で遊びにいっている。

「カメラ、うまくとれるかな?」

「さあ、カラーだからな」

「蟻がいたよ」

「またか。どこだ?」

「茶の間」

食器を洗いおけに漬けて、茶の間に行く。三ミリメートルくらいの小さな赤蟻が、列をなして、畳を這っている。私は掌をひろげて、それらを押しつぶした。かなり強く押さないと死なない。三、四十ぴき、押しつぶした。死なないで、うごめいているのもいる。

「復讐だあ」

「やるか」

息子は、復讐という字をたぶん知らないだろう。ことしは、ばかに蟻が多い。とくに赤蟻がしつっこい。復讐とは、家へ大量の蟻が侵入してきた腹いせに、角砂糖を一個、そとの、蟻の出そうな土のうえに置いて、しばらくして、たくさん群がったところで煮立った湯を浴びせること、である。私と同じ、ランニング・シャツと半ズボンの息子は、角砂糖をひとつつまんで、庭へ出て行った。私はテレビのスイッチを引いた。一時のニュースは終っていた。スイッチを押した。

「食いに行くの、めんどくせえや」

息子が上がって来て、私の隣りに寝そべった。

「あんぱんにすれば?」

「うん」

「あんぱんの意味、知ってるか?」

「さあ」

「西洋文明と日本文明の、熱烈な人民的共同作業による、輝かしい大勝利さ」

「気ちがい」

息子は、はずかしそうに笑う。よほどのことがない限り、たいていの場合、くちびるを「チーズ」の発音のかたちにしてみせるだけだ。私は、もっと笑うべきなのに、と、ときどき心配になる。

「もう売り切れだよ。やっぱし、ラーメン食ってくる」

息子は行ってしまった。私は自分の部屋に行き畳に寝そべる。夢を思い出そうとするが、大半は忘れてしまった。目がさめたときには、全部、覚えている。枕もとにノートを置いて、目ざめると大急ぎで夢の話を書いて、数十冊も書きためた男の話を、新聞で読んだことがある。私は、そんな気には、ぜんぜんなれない。甘美な夢は、一年に一度、みるかみないか、だ。

甘美な夢とは、愛の夢だ。「ある女性が私を好いてくれている」。死んだ女性のことも、まるで思いがけない生きている女性のこともある。ずうずうしい、自分勝手な夢だ。とにかく、私を好いてくれている——という感覚の甘美さが、目がさめたあと、たいそう強く残るのである。その甘美さには、生ぐささがまったくない。濾過水のような精神の甘さ。でも、そんな夢は、一年に一度、みるかみないか、だ。

カラーの夢をよくみる。初めて色つきの夢を見たのは、中等学校の五年生のときだった。一月だった。三月に卒業を控えて私は疲れていた。勉強もする必要がなかった。卒業したら横浜正金銀行に勤めることになっていた。前途に、かくべつの希望もなかった。そして、ある晩、カラーの夢を見た。緑の林を夢に見た。単色のカラーである。先生に「色のついた夢、みたんです」といったら、「きみは神経衰弱だ。少し休みたまえ」といわれた。それから卒業までの三カ月、私はほとんど学校を休んだ。私は毎日、早く起きて、浅草の家から鶯谷をとおって、上野図書館に通った。寛永寺の境内には、たくさん落葉が積もり、枯葉の表面には、うっすら霜が下りていて、それが冬の日に融けて、微かに輝やいていた。快晴の日が特別に多い冬だった。寒さが快かった。……

すうっと、寝ている私の裸の足に、なにかが触れた。

「チャーコか。こら、どこに行ってた？　うん？」

チャーコは、めすの三毛猫である。まだ生れて四カ月の子猫だ。ひどく人なつっこい。犬のように、やたら嘗める。耳を噛む、やわらかく噛む。もっと小さいとき、どこからか跳び下りたときにでも足を痛めたのか、跳躍力が弱い。縁側から庭へ下りるのでも、一気に跳べない。もちろん上がるときもだ。それで、バケツに蓋をして置いておく。チャーコは、それを伝って、上り下りする。

家じゅう、猫ずきである。五年前、日吉にいたときには、二匹の猫がはいりこんでいた。いまの家に引越すときに、一匹だけ連れてきた。クロといった。連れて来て、すぐ居なくなった。一週間たち、二週間たちして、家族はあきらめた。四十二日めに、勝手口でミャオミャオ鳴いて、クロが帰ってきた。おとなしい猫だったが、あまり丈夫ではなかった。身体じゅうから膿みを出して、妻が二カ月ぐらい、毎日、丁寧にガーゼで拭いてやったことがある。一年前に、なにも食べなくなり、弱って死んでしまった。動物専門の葬儀屋に電話して、引取ってもらった。妻は泣いた。すぐに泣くのだった。しばらくして、私の友人のＫから、一匹もらった。横浜市中区竹の丸に住んでいる英文学の先生のＫ一家は、動物ずきである。とくに細君が無類の犬猫ずきだ。十畳ぐらいの洋間に、猫十四匹、犬二匹が同居している。その部屋の扉をあけると、少々くさい。しかし壮観である。立派なかたちの猫ばかりだ。犬二匹はおとなしく猫のめんどうをみている。そのなかから、生れて間もなくのきじ猫をもらったのだ。

娘が、ミンミンという、ラーメン屋みたいな名前をつけた。かわいい猫だったが、三カ月ぐらいで死んだ。ある夜、私がいっしょに寝ていて、あまりうるさく鳴くものだから、雨戸を繰って外へ出した。まだ寒い時分だったので、それで風邪をひいたのかも知れなかった。間もなく鼻をぴくぴく動かして、苦しそうな呼吸をし始めた。クロのときには医者にかけなかった。こどもたちが「薄情だぞ」と怒っていた。こんどは獣医を呼んだ。三十歳を少し出たくらいの若い医者が、高校生くらいの、長髪の少年を連れて車でやって来た。少年はサンダルを突っかけていた。獣医は「風邪ですな」といって、玄関先でミンミンに注射して帰っていった。それから四、五日、往診がつづいた。ミンミンは尾っぽのつけ根に注射された。そのたびに私や妻が押さえていたが、少しも暴れなかった。注射がすむと、ミンミンは舌で、そこの所を嘗めた。「じきに治ります」と獣医はいっていたが、一週間ぐらいで死んだ。会社にいる私にミンミンの死を告げる電話で妻はまた泣き声だった。会社から帰ってみると、人が死んだみたいに、八畳のたたみのうえにタオルを敷いて、そこにのせられ、もう一枚のタオルが上にかけてあった。

「おい蚤が這い出るぞ」と私はいった。私は、まだ温みのあるミンミンを抱いて、妻に台所の捨て屑を入れるビニール袋を一枚、持ってこさせた。電灯の光りのほうに向けてよく見ると、果して五、六匹の蚤が、死体を離れようとして、もそもそ歩いていた。腹の白い毛のあたりに、それらがはっきり見えた。私は片手にミンミンを抱き、片手でぴったり貼りついた新しいビニール袋を、猫を抱いたほうの指も使って、広げた。小猫なので、楽に袋にはいった。口を輪ゴムでしっかり塞いだ。あくる日、また例の葬儀屋を呼んだ。「あなたが夜、そとへ出したからよ」と、その後、一、二度、妻にいわれた。そうかも知れなかった。寝ざめのわるい思いは、つづくであろう。妻とはよく罵りあって口げんかをするが、ミンミンをそとに出したことをいわれるときには、当然、腹も立たず、私は黙って「うん」というほかはなかった。

一年のあいだに、二度も猫の葬式を出したので、しばらくは猫を飼わなかった。そのうちにトラ猫のおすで、目方が四キロ以上もありそうなやつが、家に寄りついて来た。こどもたちは「ミー」と呼んだ。日吉に置いてきたトラ猫で、やはり同じ大きさぐらいのミーと似ていたからだ。日吉のミーは野良猫で、年じゅう、家にいたわけではなかった。日吉ミーは相当しぶとい大猫《おおねこ》で、いつか背中に長さ五センチメートル、深さもゆうに五センチメートルはある大けがをしたことがあった。なんで、そんなひどいけがをしたのか、分らなかったが、ぱっくり開いた傷口をのぞいてみると、桃いろの肉の奥に、背中の白い骨が見えるほどだった。妻が赤チンを塗ったり、化膿どめの薬をふったりしたが、さぞ痛いだろうと思うのに、手当てをしているあいだは、ゴロゴロのどを鳴らしていた。包帯もかけた。腹にまわして、胴体を包むかっこうである。ところが、この日吉ミーは活発な性質なので、すぐに包帯がほどけてしまう。白い長い包帯を引きずって芝生や細い道を駆けてゆくすがたがユーモラスで、娘や息子はよく笑った。そのうちに、傷口もふさがって、ミーの傷は治ってしまった。その生命力には、家族一同、感嘆した。その日吉ミーと、そっくりの野良猫である。妻は庭で食事をやった。そのうちに中へ上がりこんできた。大きいがおとなしい猫だった。だが、きたない。野良猫だから仕方ないが、家へ上がってくるたびに、ぞうきんで足を拭かなければならなかった。日吉ミーも、きたなかったので、家へ上がるときには、いちいち抱いて、拭いてやったが、腕の中で、ウーと唸った。ところが、こんどのミーは、まるでおとなしかった。かなりの力を入れて足を拭いても、おとなしくしていた。妻は、かわいいけれども、野良を飼うのはいやだ、といって、近所の菓子屋と、そこの飼猫が生んだばかりの三毛をもらう約束をした。そのチャーコを生後一カ月ぐらいで初めて家へ連れて来た夜、ミーは家の中に寝そべっていた。腕を離れたチャーコは喜び勇んで八畳を跳ねまわり、勢いよくミーの方へ駆けてきた。大猫のミーはのっそり立ち上がって、突進してくるチャーコとすれ違った。そして、びっくりしたような顔をして縁側からそとへ逃げていったのは、ミーのほうだった。唸りもしなかった。それからミーは、ぱったり家に寄りつかなくなった。

「あいつは古風な、奥ゆかしい猫だ。正式にもらわれて来たチャーコのために、身をひいたんだよ」と私はいった。大猫のわりにおとなしいミーに、もう一度会ってみたいが、その後、私は彼のすがたを見ていない。……

私は起きなおって、チャーコの前脚の根元に前から手を入れて、抱き上げた。

「こら、どこにいた？」

低い鈴の音が聞えた。さかりのときのような猫の鳴き声がした。

「ほら、友だちが来たぞ」

私はチャーコを離してやった。チャーコは急いで南側の縁から、バケツ伝いに下へおりた。近所のおすのシャム猫が遊びに来たのだ。もうおとなで、赤い紐を首に巻き、鈴がついている。どこの家の飼猫か、分らないが、チャーコが来てから、よく家をのぞくようになった。鳴き声は、低い、唸るような声で、可愛げがないが、顔も鋭すぎて、私は、あまり好きではない。すがたは、さすがに優雅だが、決して、人に抱かせない。すぐ逃げる。そのくせ、めすの小猫のあとばかり追いまわして、その素行、いかがかと思われるやつだが、チャーコは大喜びで、無邪気にじゃれている。シャムがチャーコの首を軽く嚙んだりして戯れにのしかかるのは、じつにけしからんが、チャーコはミャオと小さく叫んですぐ離れ、背中を地面につけて、四つ足を上に向けてばたばた動かし、シャムの顔を引っかこうとする。組んずほぐれつしているうちに、シャムがつと跳びのき、裏庭へ駆けてゆく。小さいチャーコは、うれしそうに、その跡を追う。……

私は机に、ぽんやり頰づえをつく。芭蕉は殺された、と呟く。もう四、五年まえから、折りにふれて芭蕉殺しの「思いつき」が、私の頭に浮かぶのだ。犯人も決めてある。宝井其角である。ようするに、私は其角がきらいなので、芭蕉殺しの下手人に仕立てあげたのだった。其角の奇才を認めないことはないが、きらいな男だ。

御秘蔵に墨を摺らせて梅見哉

こういう挨拶は、芭蕉時代に当りまえのことではあったが、御秘蔵に——ということばの使い方が得意げで、いやだ。越後屋にきぬさく音や衣更。切《きら》れたる夢は誠か蚤の跡。夏の月蚊を疵《きず》にして五百両。いやみに徹底している点に、むしろ感嘆すべきかも知れないが、名月や畳のうへに松の影、は、ばかばかしい俗句である。声かれて猿の歯白し峰の月、の、もっともらしいフォルマリスムが崩れると、名月や——になる。其角は、この、声かれての句が得意だったと見えて、「句兄弟」に、芭蕉の、塩鯛の歯ぐきも寒し魚の店、と並べて、「是こそ冬の月といふべきに、山猿叫月落と作りなせる物凄き巴《は》峡の猿によせて、岑《みね》の月とは申したるなり。沾《ホス》レ衣《ヲ》声と作りし詩の余情ともいふべくや」と、自賛しているのは、気どっていてこっけいしごくである。各務支考は、この句について、「其角が猿の歯は例の詩をたづね哥《うた》をさがして、枯《かれ》てといふ字に断腸の情をつくし、峰の月に寂寞の姿を写し、何やらかやらあつめぬれば、人をおどろかす発句となれり」と評している。感心したような、からかったようなことばだが、もちろん本心は寄せ集めの弱さを指摘しているのである。どだい、芭蕉の、塩鯛の句と同列にならぶ句ではない。其角。榎本くん。晋子。大酒のみの人殺しめ。

芭蕉は元禄七年十月十二日午後四時に死んだが、その前の日、十一日の夕方、其角が突然、芭蕉を見舞っている。たまたま上方行脚中であったという。いかにも、とってつけたようじゃないか。なんで、ここに其角が、偶然、顔を出すのだ。私は、其角が、在阪の蕉門の対立を利し、腹心に命じて、芭蕉に一服盛ったのだと思う。徐々に下痢を起こして、死に至らしめる薬を、だ。其角は、このころには芭蕉と疎遠になっていたはずだ。しかし、江戸に残した芭蕉の弟子は、まだ少なくない。其角は蕉門第一の高弟として、江戸の句界を支配したかった。私の推理は、どうも品がよくないし、我れながらばかばかしいが、芭蕉の句のなかで、

日の道や葵傾くさ月あめ

というのを読んだとき、ふうむと独りうなずいたのである。これこそ其角の芭蕉殺しの決め手だ。葵傾く、とはなんだ。其角は公儀公認で、芭蕉を消したのじゃねえか。元禄三年作のこの句が、芭蕉を殺す最大の口実になった。元禄三年といえば……もういいころ加減にしとこう。芭蕉の行き方は変幻きわまりない。芭蕉は異端である。談林が正統である。公儀から見て、芭蕉は、何をやらかすか、得体の知れぬ危険があった。其角は、権門の出入に寧日なかった。だから……　やめたまえ。推理小説の読みすぎでなけりゃ、貧弱なる直感による短絡です。でも、芭蕉死後の其角の堕落ぶり

は、目をおおわしめるものがある。始めから大したやつじゃなかったが、ひどい。やっぱり、怪しい。だけど、晋子が正統なのだよ、きみ。つねに世の中は、談林が正統なんです。芭蕉なんて、異端中の異端だ。わが国はだめなんです。いまの世の中だって、もちろん日本談林国さ。おれは、精神構造をいっとるのだ。談林型こそ、すぐれてでなく、日本的なものだということをさ。異端のつもりのやつまで、すっぽり包みこんでしまうのが現代の談林。……

息子が帰って来て、裏庭へ行った。角砂糖にたかる蟻を見て戻って来た。

「すごいよ」

私は湯を沸かし、薬罐をさげて裏庭へ行った。角砂糖は、白いところが見えないほど緻密に、赤蟻にたかられていた。私は熱湯をそそいだ。砂糖はほとんど瞬時に融けた。そのまわりの地面の赤蟻もたくさん死んだ。

「シュバイツァーって知ってるか？」

「う、うん」

私は、シュバイツァーが、蚊ですら殺さなかった、という話を新聞で読んだことがある。ほんとうだろうか、と疑いはするが、たしかに蟻だって、殺すのはいい気持ちではない。でも、はびこっているのを、放っておくのは、なお気味がわるい。蟻は利口者である。綿密な巣、絶え間のない情報連絡作業。来たるべき冬のための、厖大な食糧収集のたゆまぬ努力。私ごとき怠けものこそ模範とすべきである。でも、どうもこうたくさん出てくるってのは、感心しない。集団作業に熱心なのってのは、（人間だって）、見てて気味がわるくてしかたがない。

妻は、夜おそく帰って来た。

「おじいちゃん、どうだった？」

「うん、いやになっちゃう。いつも汚ならしいかっこうしてるんだから。どうして、ああ、だらしないのかしら」

私は、親の悪口をいうのはよせ、と何度もいって来たので、いまさら反論しない。

「けちで、しみったれてて」

「それがじいさんの生き方さ。おれは立派だと思うよ」

事実、妻の父は、立派な老人だった。頑固に、古い生き方を守っていた。

「きょうは、何してたの？」

「ぼんやりしてた」

「敬坊は？」

「夕方から勉強してた」

「水、まいた？」

「まいた。あああ、オネコタン半島かユカタン半島にでも行きてえな」

「どこ？」

「さあ」

私はシャワーを浴びた。石鹸を塗り、ヘチマでからだをこすった。毎日洗っているのに、毎日垢が相当出るのはふしぎだった。死んだ細胞。


つぎの朝、眠りからさめようとする朦朧状態のなかで、電話をかけている妻の声がきこえた。

「え、ほんと？　うん、すぐ行くわ」

妻の父が、その朝、茶の間で倒れたという。私は飛び起きて、手早く雨戸をあけ、ふとんを上げて、自分の部屋から出ていった。急いで妻を行かせた。七十三歳の老人だが、倒れたのは初めてである。足が不自由で、近ごろ、あまり家を出たことがない。血圧は高めだったが、血圧なんか、やたらに測って、気にするだけ損だといって、滅多に測らなかった。倒れた、といっても、半身不髄にはなるかも知れないが、死ぬほどのことはあるまい、と思った。

その日、私は会社に出た。昼すぎ、妻から電話がかかった。医者は、今晩がヤマだといっている。意識はない。病名は脳血栓。夕方、少し会社を早く引いて、妻の実家に寄った。義父は、いちばん風通しのいい八畳の部屋に眠っていた。右を下にして、かなり呼吸が早い。私は腕時計の秒針を見て、数をかぞえた。四十五から五十ぐらいだった。私は危い、と思った。その翌々日の午後四時すぎ、意識不明のまま、義父は死んだ。うらやましい死にざまだった。それから葬式の支度が始まった。おじいさん、あなたらしい、いさぎよい死に方だったですね。心からうらやましいと思います。私は二十年前の死、八年前、七年前の死のことを思い出していた。七人のこどもたち。十六人の孫たち。親戚一同。通夜。なんだかいやな匂いがするろうそく。線香の煙。すだれ、八月十三日日曜日、葬式。よく晴れて、暑かった。桐ヶ谷火葬場は混雑していた。ひっきりなしに霊柩車がはいってくる。喪主の持つ故人の写真を見ると、ほとんどが老人だった。

棺を竈《かま》に入れた。棺は金属の滑車のうえを走っていったが、思ったほど大きな音がしなかった。職員が帽子をぬぎ、はい、お別れですといって、蓋をしめた。いつの葬式だったたか、棺を竈に入れるとき、ガラガラガラと物凄く大きな金具の音がして、びっくりしたことがある。あらゆる感傷や情緒を粉砕するような音だった。ずいぶん静かになったものだ。これも文明のうちか。

焼けるまで、控室に近親、親戚一同四十人が待った。私はそこへはいるとき、入口に立ち止まって、煙突を見上げた。隣りに息子が立っていた。

「ほとんど煙が出ないな」

「うん？」

「人を焼く煙が、さ」

ごく薄い煙が、日ざかりの青い空を背景に、かすかに揺らいでいるだけだった。控え室のお茶はまずかった。吐き出したくなるくらいだった。

「こいつはひでえや」

故人の三男が大声でいって、顔をしかめた。冷房はしてあるが、暑かった。清涼飲料水が運ばれてきた。火葬場まで、コーラとはおどろきましたな、と、親戚の一人の老人が呟いた。締め切った大きなガラス戸の向うに中庭があって、そこへ、大きな猫がのそのそ歩いてきた。

「火葬場の猫なんて、いやだな」

私の娘がいった。気ちがいじみた猫好きのくせに。火葬場の猫だって、かわいいじゃないか、と声に出そうとして、やめた。

「火葬場のこと、むかしは何ていったか知ってるかい」

「焼き場？」

「火屋《ひや》」

私は落語の「らくだ」を思い出していた。あれはよくできた落語だよ。傑作といってもいい。ちょっと気味のわるい話だけれどさ。油ぎった、酒のみの隠坊《おんぼう》坊主が出てくるんだ。酔っぱらって、死人とまちがって棺桶のなかへ入れられ、さて焼き場で首を出すと、運んで来たものが、「やい、てめえ、いったい、ここを何処だと思ってやがるんだ」ってきくと、「知らねえな」。「ここはな、日本一の火屋だぞ」「え、ひやか？　冷やでもいいから、もう一杯《いっぺえ》」っていうのが下げさ。

「冷やと火屋では、アクセントがちがうじゃない？」

「うん」

夏の日ざかりの火葬場。私は火葬場をきらいではなかった。骨になる、というのはすばらしいことだと思う。カトリックは火葬をきらうが、遺体のままで埋められるのは、私はいやだ。

やがて骨上げの知らせが来た。骨のいくつかには、まだ火の赤みが残っていた。職員がのどの骨を箸でつまんで、

「これがのどの骨でございます。仏さまがすわっているかたちですね」

といった。職員は、もう一つの骨をつまんだ。それが何かの拍子で、彼の左手の腕に触れた。

「あちいッ！」

と低い声で、職員が叫んだ。骨の山。すばらしい。おれも、こうなるのだ。人間の定義を一言《ひとこと》でいってごらん。欲のかたまり。きみは？　経済的動物。きみは？　権力。ばか、きみは。秩序と理性。二言じゃないか。きみは。善。道徳。文明、機械。恥。はずかしい。人間は、はずかしい、か。だれかがいったみたい。グロテスク。人間は、グロテスク、か。グロテスクの一言で、全部を蔽えるかい、人間の。いぢわる。「し」に点々のいじわるじゃなくって、いぢわる。人間は、いぢわる。「ち」に点々。人間は、肉。いいえ、人間はトマトジュース。どういう意味。だまれ、みなまでいうな！きもちわるい。だからグロテスクさあ。人間は、気ちがい。人間は犬。人間は希望。海。海のなかに母がいて、母のなかに……　駄じゃれ、最低。きみは？　思惟。笑わせるな。雑草。ひめじょおん。土です。いや木です。風と光りの都会のまんなかを歩いてると、とつぜん、石だたみに鳥の影がすぎることがあるだろう？　あっという間にさ。人間は、影。……

葬式の夜は、家族一同、すっかりくたびれてしまった。私はシャワーを浴び、ビールの小壜を少し残して、飲んだ。近親が死んで、その生前、使っていた品物が遺る。いちばん奇体な感じがするのは、故人が使っていた食器である。それを見つめていると、ひどく悲しくなる。ほとんど耐えがたい悲しみだ。もう、二度と、あの人は食べないのだ、というだけの悲しみではない。食器が、死んだ人の食器が、そこにあるのが、早く、あの人は死んだってことを認めろ、というようなありかたであるのが悲しいのだ。それから、午後の電車かなにかに乗っていて、突然、涙が噴き出る。もう、死んでから一月も、半年も、十年もして、そういうことがある。……

私は横に寝そべって、昔のことを思い出していた。私が十七歳のころ、向島に住んでいる同級生の妹が死んだ。きれいな娘だった。彼女は、高等女学校にはいったばかりで、結核で死んだのだった。私の友だちは、棺を竈に入れるとき、死人の顔をのぞくガラスの蓋を開いて、「おい、見てくれよう、きれいだろう」といって、大声で泣き出し、棺にもたれかかった。骨を壺に入れて、家に帰った。母親は、火葬場に行かなかった。兄が骨壺を抱いて家にはいると、その母親が、ふいに大声をあげた。枯れた声を狭い部屋いっぱいに響かせて、「さぞ熱かったろうねえ、さぞ熱かったろうねえ」と叫び、とてつもない量の涙で、顔じゅうを濡らした。十七歳の私に、この「熱かったろうねえ」は、ほとんど名状しがたい衝撃を与えることばだった。……

娘がユースホステルめぐりをして写した、カラー写真ができていた。

「どれ、貸してごらん。……思ったより、よくとれてるな。あんなカメラで」

どういうわけか、白黒でとると、そのカメラはよく写らなかった。私は寝そべって、カラー写真を一枚ずつ繰っていった。高原の紅いコスモス畑のなかで、娘たち三人が立っているのがあった。ジーパンやキュロットをはいた高校生三人は、にっこり笑っていた。青い空の色もよく出ていて、白雲が浮いていた。とくにコスモスの葉のむれの緑がきれいだった。

家族一同くたびれて、早く寝た。

N森林公園の冬

ある冬の日
空っ風が吹いていて
森林公園の広場は
凧あげの子どもたちが数人いるだけ
入り口の看板に、「この森には
ハシブトカラス、ハシボソカラス、ヒヨドリ、トビなどが
いる」　でもだめ
この森林公園、モッコクやマテバシイくらいしか
常緑樹がなくて、小高い丘
いちめん落葉樹のこころぼそい条件では

鳥たちは来ないよ、ほろほろ啼くキジバトのほかはね
これでも森林公園か　でも
出来てまだ十年だから貧弱なのもがまんしよう
マフラーで頬を包むと
なんだか怪ストーリーが見えるような気分になり
石段を上までよじ登る
むろん誰もとめやしないから
振りむきもしない
とても冷たい風　ああいい気持ち
鳥などいいから青空を
大猫の五匹も翔んでいきな
まだうなってる針のさきみたいな凧のむこうにさ
できれば尾っぽも
髭もぴんと立ててだ
トマトのような日の暮れが近くなると、子どもたちは

影ひいて
スキップも軽やかに
「ぼくはハム」「あたし、オムレツよ」などと
急に大声をはりあげながら
消えていく　むかしなんていう概念
もうほろびたのかな、いまは
だんだん風の耳のうしろ蒼ざめていって、でも
もう一度、空はなりたいらしい
もう一段、高く　そして波のようにも

鳥など
いいから
青空を
大猫の
画匠でも
翔んで

タローさんとサブロー

田村和子

「横浜のオカザキさんがくれたから十一月十一日はサブの記念日」。これは俵万智のサラダ記念日を真似して太郎さんが口ずさんだものである。サブローとは猫のことだ。サブに申し訳ないのだが、私はこいつが我家に来た時全く可愛いとは思わなかったのだ。私も子供の頃からたくさんの猫たちを飼ってきたが、動物と人間にも妙に相性があるということをこの時はっきり気がついた。サブは我が家に来たとたんに風呂桶のせまい床下にもぐり込んでしまい、頑なとして一日中出て来なかった。私は大量に水を流し込むという荒療法でおびき出そうと考えたのに、太郎さんは実に根気よくやさしくあたたかく声をかけ続けて、ほとんど一日余りかけて自発的にとび出して来るのに成功した。出て来た瞬間サブは太郎さんの胸にすがりつき、そのまま彼の膝にのり続けお風呂に入るときもふたの上にのり、寝る頃には足にまとわりついて太郎さんがベッドに入ると同時にふところの中へもぐり込み、太郎さんもサブもとても可愛らしかった。間もなく一匹ではかわいそうと他家からサブのために全く同じ時期に産まれたタラとゴローがやって来た。サブは今問題になってる引きこもりではないかと少々心配だったが、とんでもない思いちがいで大そう活発な少年猫だった。サブは大いに喜び家中三匹でかけまわりじゃれあってそれはなんとも楽しい情景であった。今思うとサブは人の好き嫌いのはげしい神経質な猫で、ほんとにやさしい人間を嗅ぎ分ける嗅覚の鋭い奴だったと思える。猫は家につくというが人にもしっかりつくということを私はこのことで知った。

　太郎さんが我が家に最晩年住むようになるまでには約八年にも及びすさまじい嵐が吹き荒れた。今から二十五年も昔のことだから詳細は忘れたが、田村隆一と太郎さんに共訳の仕事が舞い込んだ。太郎さんと田村は府立三商時代の同級生で詩の仲間としてその交際は終生にも及んだ。田村は生涯に亘って膨大な翻訳を生きるためにせざるを得なかったが、そのほとんどは下訳者に依存していた。それが太郎さんとの共訳であれば田村は安心してまかせていられるわけだ。その原稿の受け渡しの役が私であった。田村はほとんど酒場にいて我が家の夕食はしばしば空振りが多かったから月に何回かの原稿のやりとりの時、お茶から夕食を御馳走になるなんてこともあった。小さな誤解から小さなさざ波になり、やがてそのうねりが大波そして嵐に変化していったのだ。あの頃は太郎さんのお宅、そして我が家も大海原に弄ばれる小さなボートだったのではないだろうか。当時島尾敏雄の『死の棘』壇一雄の『火宅の人』などが出版され、ああこれよりはマシかなどとたかをくくっているうちに、太郎さんは家を出られた。そして私は次第に精神を病んでいった。病んでいる自分をその頃客観視は不可能だったが、おそらく家事もまともに出来ないうっとうしい私だったろうと思う。田村は徐々に我が家へ帰って来なくなった。

鎌倉市内にある精神病院に自殺のおそれありということで私は入院したが、田村の見舞いは一度もなかった。太郎さんは横浜から私の好物を手みやげに週に一回は必ず来てくれた。よほど凶暴でもない限りあの種の病院は個室に入れない。私は太郎さんが来てくれるのを心待ちにしていた。同室のちょっとずつおかしい人たちのふる舞いをこまかく描写して報告する私に太郎さんは安心したという。正確にとても愉快に話をするのでこの人は重くない必ず治ると確信した、とずっとあとから太郎さんに聞かされた。その見舞いの帰り道に、私を狂わせたのは自分だと涙がとめどなく流れたという。重篤な病気で六十九歳で逝った太郎さんに手を合わせてお詫びしたいが、私は私自身を制御出来ずに自分で自分をこわしたのだと今でははっきりそう考えているのだ。

昭和六十三年の十月頃Ａさん宅に住居を移した田村から手紙が来た。すべてから解放され独身者になりたいという。精神科の先生は私のような気質の人間は離婚すると案外病気から逃げられるかも知れないといった。私は書類が送られたその日のうちに市役所にとどけた。

私は人生を損得で考えるのは好きではないが、田村がＡさんとすぐ入籍して娘さんまで養女にしたのをやがて知りちょっと損したなと思った。しかしそれでせいせいして太郎さんを我が家に迎えてあげる方が急がれたのだ。彼は絶対に助からない病いにかかっていたのだから。

太郎さんは我が家へ来てとても明るくいつも元気そうだった。私のことを〝ワタイさん〟と呼んだ。私がふざけて自身のことを〝ワタイ〟といったのがきっかけだ。東京の下町育ちの太郎さんに〝ワタイ〟というひびきは心地良かったはずだ。昭和のはじめ下町の小さい女の子が自分のことを〃ワタイ〃というのを私は聞いていたし、それを子供心に可愛いと感じていた。

平成二年秋第四十回読売文学賞の本賞は硯だったが、副賞の百万の中から音楽好きの私のためにCDコンポをプレゼントしてくれた。

私の料理は天才だとほめてもらい、時には太郎さん自身も腕をふるってくれた。

一カ月に一回東京の虎ノ門病院へ定期検診に行く時、寝坊の私にネコの画入りの置手紙があった。

平成四年十月七日午後病院から緊急入院になったので売店でいろいろ買って入院するからゆっくり来てねという電話があった。亡くなる三日前からお父さん子だったアブ（ことサブ）が全く餌を食べなくなった。静かに目をつぶっている太郎さんに「お父さんアブタンが全然ごはん食べなくなったのヨ、早く帰って来てやってよ」と声をかけると、太郎さんの目からはらはらと涙があふれた。その三日後人工透析中に太郎さんは逝った。そして翌年の寒い日お父さんが大好きだった〃アブタン〃も死んだ。


（エッセイスト）

出典一覧

猫なるもの　『路上の影』思潮社、一九九一年
猫たち　『すてきな人生』思潮社、一九九三年
猫について　『パスカルの大きな眼　言語・体験・終末』思潮社、一九七六年
夜の集会　『すてきな人生』思潮社、一九九三年
失猫記　『パスカルの大きな眼　言語・体験・終末』思潮社、一九七六年
クロの死　『文藝』一九七八年四月号、河出書房新社
秋猫記　『眠りの祈り』思潮社、一九七六年
冬猫記　『眠りの祈り』思潮社、一九七六年
なぜ猫なのか　『詩へ　詩から』小沢書店、一九八五年
夜の猫　『冬を追う雨』思潮社、一九七八年
ある夜、猫を二十匹飼ってる家の青年が遊びに来た　『詩へ　詩から』小沢書店、一九八五年
夢十昼　9　『詩を読む喜び』小沢書店、一九七八年
悪の花　27　『悪の花』思潮社、一九八一年
わが町・わが動物　『樹上の猫』港の人、一九九八年
撫でるだけ　『詩へ　詩から』小沢書店、一九八五年
うたの言葉より　『うたの言葉』小沢書店、一九八六年
犬も猫も雑種が好き　『詩へ　詩から』小沢書店、一九八五年

愛すべき動物たち　『樹上の猫』港の人、一九九八年
虎造　『詩へ　詩から』小沢書店、一九八五年
樹上の猫　『樹上の猫』港の人、一九九八年
突然、猫が……　『すてきな人生』思潮社、一九九三年
霧雨　『ピアノ線の夢』青土社、一九八〇年
鳥の影　『パスカルの大きな眼　言語・体験・終末』思潮社、一九七六年
N森林公園の冬　『笑いの成功』書肆山田、一九八五年

タローさんとサブロー（田村和子）「港のひと」第二号、港の人、二〇〇二年五月

北村太郎　きたむら・たろう　一九二二―九二

詩人。東京・谷中生まれ。戦前、同人誌「ルナ」（のち「ル・バル」）に参加。四七年鮎川信夫、田村隆一らとともに「荒地」を創刊。六六年第一詩集『北村太郎詩集』を刊行。以後数多くの詩集を上梓し、繊細な感性をもとに詩と生を凝視した独自の詩世界をひらいた。主な詩集に、『眠りの祈り』（無限賞）、『犬の時代』（芸術選奨文部大臣賞）、『港の人』（読売文学賞）、『笑いの成功』、エッセイ集に『パスカルの大きな眼』『世紀末の微光』『樹上の猫』『光が射してくる』など。全詩集に『北村太郎の全詩篇』、著作集に『北村太郎の仕事』全三巻がある。翻訳家としても活躍する。無類の猫好き。

空《そら》とぶ猫《ねこ》

二〇二一年四月二十日初版発行

著　者　北村太郎

発行者　上野勇治
発　行　港の人
神奈川県鎌倉市由比ガ浜三－一一－四九　〒二四八－〇〇一四
電話〇四六七－六〇－一三七四　ＦＡＸ〇四六七－六〇－一三七五
装　丁　港の人装本室
印刷製本　創栄図書印刷

ISBN978-4-89629-393-7